光文社文庫

文庫オリジナル／長編青春ミステリー

珈琲色のテーブルクロス

赤川次郎

光 文 社

『珈琲色のテーブルクロス』目　次

●主な登場人物のプロフィールと、これまでの歩み

第一作『若草色《わかくさいろ》のポシェット』以来、登場人物たちは、一年一作の刊行ペースと同じく、一年ずつリアルタイムで年齢を重ねてきました。

杉原爽香《すぎはらさやか》……五十一歳。中学三年生の時、同級生が殺される事件に巻き込まれて以来、様々な事件に遭遇。大学を卒業した半年後、殺人事件の容疑者として追われていた明男《あきお》を無実と信じてかくまうが、真犯人であることを知り自首させる。二十七歳の時、明男と結婚。三十六歳で、長女・珠実《たまみ》を出産。仕事では、高齢者用ケアマンション〈Pハウス〉から、**田端将夫《たばたまさお》**が社長を務める〈G興産〉に移り、老人ホーム〈レインボー・ハウス〉を手掛けた。その他にもカルチャースクール再建、都市開発プロジェクトなど、様々な事業に取り組む。

杉原明男……旧姓・丹羽《にわ》。中学、高校、大学を通じて爽香と同級生だった。大学時代に大学教授夫人を殺《あや》めて服役。その後〈N運送〉の勤務を経て、現在は小学校のスクールバスの運転手を務める。

杉原珠実……爽香が三十六歳の時に出産した、明男との娘。中学三年生。

久保坂《くぼさか》あやめ……〈G興産〉の社員で、爽香をきめ細かにサポートする頼もしい部下。画壇の重鎮で事実婚だった六十歳違いの夫・堀口豊《ほりぐちゆたか》は他界（享年百）。

杉原瞳《ひとみ》……爽香の姪《めい》。兄・充夫《みつお》（故人）の次女。声楽家をめざしている。

栗崎英子《くりさきひでこ》……往年の大スター女優。九十三歳。〈Pハウス〉に入居した際、爽香と知り合う。そののち、映画界に復帰。

河村太郎《かわむらたろう》（故人）……爽香と旧知の刑事で、中学時代の恩師・河村布子《きぬこ》の夫。

増田《ますだ》……爽香行きつけの喫茶店〈ラ・ボエーム〉のマスター。

リン・山崎《やまざき》……爽香とは小学校時代の同級生。爽香をモデルに裸婦画を描いた。

松下《まつした》……元々は借金の取り立て屋だったが、現在は〈消息屋〉を名乗り、世の中の裏事情に精通する男。爽香のことを絶えず気にかけており、事あるごとに救いの手し差し伸べる。

――杉原爽香、五十一歳の冬

1 傷

言っちゃいけないんだ。

それはよく分っていた。――だって、「ユイ」はもう八歳になっている。

そんなことを言ったら、他の子たちが羨《うらや》しがる。悔しがって、ユイを嫌いになる子だっているかもしれない。

だから言っちゃいけないのだ。

「今日、パパが迎えに来るんだよ」

なんてことは。

それでも、ユイはお昼を食べてからの三時間くらいの間に、

「これ、絶対内緒ね」

と念を押してから――少なくとも三人の子に話してしまっていた。

でも――午後四時近くになると、ユイの服や勉強道具などを、小型のトランクに詰めて施設の一階の玄関近くに出しておかなくてはいけなかったから、もう誰の目にも明ら

かだった。

このところ——ここ三か月くらいの間に、パパはここへ何度かやって来て、所長さんたちと話し込んでいた。

パパといっても、ユイはぼんやりとしか憶《おぼ》えていない。細身で、いつも背広にネクタイのスタイル。

ユイは、三つのとき、この施設にやって来た。ママもパパも、どこかへ行ってしまったからだ。

それきり五年くらい会ってなかったんだから、よく憶えていないのも当然だろう。

でも——何の用だったのか、パパがここへ連絡して来て、所長さんが、

「ぜひ一度会いに来て下さい」

と、熱心に頼んでくれた。

それでパパは施設の人たちと色々話をして、

「ユイを引き取る」

ことになったのだった……。

ユイは一番上等の可愛いワンピースを着て、玄関のそばの椅子にかけている。

「——パパは遅いね」

と、頭の禿《は》げた所長さんが、ユイに声をかけて来た。「きっとお仕事が長引いてるん

だろう」

「パパ、忙しいって？」

と、ユイは訊《き》いた。

「うん、お仕事で、あちこち旅行するらしいよ」

と、所長が言ったとき、

「——所長さん」

と、事務室の女の人が呼んだ。「お電話が入ってます」

「ああ、分った」

所長は自分のデスクへ行って、受話器を取った。

「——ああ、どうも」

と、所長は言った。「お約束は五時半で。ユイちゃん、もうすっかり仕度して待ってますよ。——何です？　よく聞こえないが……」

「これから列車に乗るんでね」

と、男は言った。「仕事なんです。急なことでしてね」

軽い口調で、そう言うと、

「ああ、もう列車が入って来るので」

「そんなことが……。ではいつ——」

「あのですね……。この前はうまく話せなかったけど、やっぱりあの子はそちらにお任せした方が幸せだと思うんで」

「待って下さい。この前、じっくり話し合って——」

「でもね——こう言っちゃ何ですが、ユイは俺の子じゃないんです」

「は？」

「女房の連れ子なんですよ。逃げちまった女房のね」

「それはしかし——」

「やっぱりね、血のつながってない子を引き取るってのは。——ああ、列車が出るんで、失礼します。じゃ、よろしく」

「もしもし！」

切れていた。

職員たちは、大方の察しはついているようで、何も言わず、所長と目が合わないようにしていた。

「——何て奴だ」

所長としては珍しい言葉だった。

所長は玄関へと出て行った。

ユイは、玄関前に置いたトランクに腰かけていた。

「――パパから電話？」

と、ユイが訊く。

「ユイちゃん。ちょっとお話ししよう」

所長はそう言って、ユイの手を取ると、小さな応接室に連れて行った。

「パパから電話でね――」

と、所長が言いかけると、

「今日は来ないのね」

と、ユイは先回りするように言った。

「――そうなんだ。急な仕事で」

とだけ言ったものの、所長はその先をなかなか口に出せなかった。

所長の困っている顔を、ユイはこれまでにも見たことがあった。

「パパは来ないのね」

と、ユイは言った。「今日も明日も。――ずっと来ないんだね」

所長は深く息をついて、

「そうなんだ」

と言った。「僕もすごく残念だよ」

「パパは――ユイのことが嫌いなの？」

所長は少し詰ったが、

「そういうわけじゃない」

と、ゆっくりと言った。「いや、好きでも嫌いでもないんだろう。いいかい、ユイちゃん。よく聞いて。ママのことは憶えてるかい？」

「全然。写真もないんだもん」

「そうか。――あの男の人、ユイちゃんのパパと言ってた人はね、パパじゃないんだと言ってる」

「どうして？」

「ユイちゃんはママの子だけど、パパの子じゃないというんだ。分るかい？」

ユイはちょっと眉《まゆ》を寄せた。――頭の中はごちゃごちゃになっていた。

「つまりね……あのパパと言ってた人の所へ、ママがユイちゃんを連れてやって来た。だから、ユイちゃんはママの子だけど、パパの子じゃないってことなんだ」

ユイの顔から、話すにつれて、少しずつ血の気が消えて行った。

所長もそれに気付いて、

「ユイちゃん、大丈夫かい？」

と訊いた。

「うん、大丈夫」

ユイは自分に向って言い聞かせるように、

「話を続けて。ママは本当のママだった？　じゃ、どうしてユイを置いて行っちゃったの？」

「その事情はね、よく分らないんだが、たぶん、女の人一人じゃ食べて行くのが大変だったんじゃないかな」

「でも、子供を置いてくなんて……」

「そうだね。僕としても、信じられないようだ」

しばらく、ユイはじっと目を伏せていたが――。やがて立上ると、

「荷物、部屋に戻します」

と言って、玄関へ出て行った。

「――運ぶよ」

と、所長はついて行ったが、

「いいです！」

と、ユイが初めて聞くような、強い口調で言って、所長は足を止めた。

しかし、すぐにいつもの穏やかな口調に戻って、

「自分で持てる」

と言った。「中の物、元の所に戻さなきゃいけないし」

「うん……」

「あ……。もういいと思って、他の子にあげちゃったものがある」

と言うと、ユイは微笑《ほほえ》んで、「あげたもの、返してなんて言えないよね」

ユイは小型のトランクと、手さげの紙袋を持って、部屋へと戻って行った。

「あれ？　ユイちゃん、どうしたの？」

同い年の女の子が、ユイと出会って言った。

「何でもないよ。人違いだったんだって」

ユイの後ろ姿には、人生の不条理を知った大人の哀しみが感じられて、所長は見ていられず、事務室へ入ると、自分の椅子に腰をおろした。

「——可哀《かわい》そうにね」

と、ベテランの女性職員が呟《つぶや》くように、「一度、夢を持たせておいて……。ひどい人がいるのね」

「あれは頭のいい子だからな」

と、所長が言った。「我々には見せないだろうが、二度と大人を信じなくなるんじゃないかな……」

「その傷はずっと残りますよね、きっと」

「ああ……。おそらくね」

この出来事が、一人の女の子の、これからの人生を変えてしまわないか。——しかし、そう心配しても、所長にだって、できることはない。

ユイは普段着に着替えて、いつもと同じように外へ遊びに出て行った。

そのあまりの「変らなさ」に、所長は少し怖いようなものを感じた。

そして、窓辺に立って、表に駆け出して行くユイを眺《なが》めながら呟いた。

「大人は罪なことをするもんだ……」


「早いものですな」

と、その年寄は言った。「私があの施設で所長をつとめていたのは、もう十何年も前のことです」

——杉原爽香《すぎはらさやか》は、黙ってその人の話を聞いていた。

少し日が傾き始めて、風が冷たくなった。

「ああ、風が頬を撫《な》でて通ると、生きていると感じられますよ」

と、深く息をついたのは、汐見忠士《しおみただし》。

七十七歳で、今、この大学病院に入院している。車椅子で、病院の中庭へ出て来ていた。

「でも、寒くありませんか？」

と、爽香は言った。「お風邪でもひくと。中へ入りましょう」

「そうですな……。熱でも出して、医者に余計な心配をかけてもいけない」

「押しますよ」

「申し訳ない。ゆっくりなら、自分の力でも戻れるのだが……」

「いえ、こんなことぐらい」

爽香は車椅子を押して、病棟の建物の中へと入って行った。

「――その休憩所で。――少し休んでから戻ります。ベッドに入ると寝てしまう……」

爽香は休憩所のソファにかけると、

「その〈ユイ〉ちゃんという子は……」

「米川《よねかわ》由衣《ゆい》というのが名前です」

と、汐見は指で文字を膝の上に書くと、「しかし、十八歳で、あの施設を出てからは、どこでどうしているのか、全く分りません」

「その子は今……」

「三十にはなっているはずです。むろん、手紙一つ来たことはありません」

病棟の中は静かだった。

「十八歳になって、施設を出なければならなくなったとき、どの子も――男も女も、多少は寂しげで、心細げにしているものですが、米川由衣は全くそんなところがありませんでした。いや、心の内に秘めているに違いないと……思いたいのですが、彼女は全く未練を見せなかったんです」

「行先は？」

「それが……。十八歳で施設から出るときは、いつも職員が入居先を捜すんです。そして、小さなアパートですが、契約もすませて職員が付き添って入居することに……」

「その子の場合は？」

「一人で大丈夫だと言って、さっさとタクシーを呼んで出て行きました。あの子は格別に大人びて、しっかり者でしたから、みんな止めなかったのです。ところが……。後になって、由衣は、借りた部屋をその場で解約し、預けてあった向う三か月分の家賃を受け取って、姿を消してしまったのです。私たちもそれを知ってびっくり。方々捜しましたが、ついに見付けられませんでした」

と、汐見はため息をついて、「もちろん、自立させることが目的ですから、由衣が一人になりたかったとしても、間違いではありません。でも――せめて連絡先ぐらいは知っておきたかったのですが……」

「都会へ出たのでしょうかね」

と、爽香は言った。

「おそらく。――もうあれから十年以上です。由衣が社会人として、ちゃんと生活しているだろうとは思っています。ただ……」
口ごもった汐見は、そのまま咳込《せきこ》んだ。
虚《うつ》ろな、病気の咳と聞こえていた。
汐見は胸に手を当てて、
「ご覧の通り、肺ガンを患っておりましてね。もう手の施しようがないと言われていま
す。あと、もってせいぜい一か月……」
爽香は、しばらく黙っていたが、汐見がそれ以上話すだけの元気が失くなりそうだと
気付いて、口を開いた。
「それで、汐見さん、私に何をお望みなんですか？」
汐見は慎重に深い呼吸をすると、
「縁もゆかりもないあなたに、無理なことをお願いするわけにいかない、ということは
よく分っております」
と言った。「ただ——たまたまあなたの、これまでのお仕事を耳にしまして……」
「それは私の本業でない方面の話ですね」
「ええ、そうです」
汐見は微笑んで、「ただ……もしも、あなたが米川由衣に会うことがあったら……。
もちろん、そんなことは万に一つもありますまい。でも、もしあったら、由衣に伝えて

いただきたい。君を失望させ、期待を裏切った所長が、心配していたと。大人をすべて信じないままで成長したら、幸せになれないよ、と言っていたと……」

汐見は息を吐《つ》いて、

「私は忘れられないのです……。パパがもう迎えに来ないと納得したときの、あの子の表情を。いや、それは表情らしさのかけらもない仮面だった……」

汐見が咳込んだ。気付いた看護師がやって来ると、

「汐見さん、もうベッドに戻りましょうね」

と、肩を叩いた。

「ああ……。杉原さん、お時間を取らせて申し訳ない」

「いいえ。お大事に」

爽香は、看護師が車椅子を押して行くのを見送っていたが……。

「――お母さん、ここにいたの」

娘の珠実《たまみ》が足早にやって来た。

「もうご用はすんだの？」

と、爽香は訊いた。

「うん、終った」

と、珠実は言って、「お母さん、誰と話してたの？」

「え？　ああ……。ちょっとね……」

と、爽香は曖昧《あいまい》に言った。「古い知り合いの人の、そのまた知り合い」

「へえ。——昔の恋人？　それにしちゃ老けてたね」

「何言ってるの」

と、爽香は苦笑して、「さ、帰りましょ」

と、珠実の肩を叩いた。

今、十五歳になった珠実は、もうとっくに母親より背が高くなっている。

爽香たちがエレベーターに乗って、一階に着くころ——さっきまで爽香と話していた汐見は急に容態が悪化して、三十分ほどして亡くなっていた……。

2　夜歩く

冬は夜が早くやって来る。

だから、友美《ともみ》は冬が好きだった。

明るく照りつける太陽は好きじゃない。早く沈んで、夜の闇に場を譲ってほしい、と思っていた。

もうじき、夕方の五時。――すでに辺りは暗くなっていた。

明るい内は、できるだけ目立たないように、うつむいて歩いていた友美も、夜に包まれるとホッとする。

もちろん、冬は寒い。ことに、友美のように、外で時間を過している子にとっては凍えるほど寒いこともある。

それでも、冬の方がいい。

夜の繁華街を歩いていても、口やかましいパトロールに声をかけられたりすることは、あまりない。

「放っといて、ってことだよね」

と、口に出して呟く。

友美はいつも一人だ。でも一人でいて、一人でない。

うるさい両親や、学校——友美は高校一年生だ——の教師からは離れていられる。一人きりで、こうして夜の街を歩いている。

でも。その一方で、友美と同じように一人になりたいと思っている子たちが、何となく同じような場所にやって来るのだ。

友達でも何でもない。でも、黙っていてもお互いに考えていることが分るし、誰も他の子の邪魔をしようとも思わない。

友美は、持っていたこづかいで、ハンバーガーと飲物を買って、その紙袋をさげて歩いていた。

ああ、今日はまだ早いから、勤め帰りのサラリーマンや女の人たちも通る。でも、もちろん誰も友美や、似たようなことをしている子たちに目をとめない。

「あそこだ」

風をよけられて、でも暗がりなので人目につかないビルの隙間があって、いつもは先客に取られてしまうのだが、今夜はまだ空いている。

友美は、電車で拾って来た雑誌をお尻の下に敷いて、腰をおろした。

三段の階段になっていて、座っているのに具合がいい。

ハンバーガーを食べようかと思ったが、その後はすることが失くなってしまう。今はまだ人通りも多いから、もう少し待とう。

その内、どんどん暗くなって来て、人通りも減って来る。目の前の通りのあちこちで、ポッと光が灯る。

やって来た子たちが、スマホをいじっている、その明りだ。

「まるでホタルだ」

と、友美は呟いた。

友美もスマホは持っているが、あまり使わない。下手に誰かに連絡すると、しつこくかかって来たりして、面倒なのだ。

電源は切ってあった。――それでいいんだ。

昼間はよく晴れてた。雨は降らないだろう。

少し風が出て来たので、マフラーを首にきっちり巻いた。

実際、こんな所で何してるんだろう、と思うこともある。家にいれば、自分のベッドで引っくり返っていられるのに。

たぶん、「家にいたくない」という気持を、こうして夜出歩くことで表わしているのかもしれない。でも、誰に向って？

両親には、こんな気持を分ってはもらえないだろう。お父さんもお母さんも、友美のことは、

「何を言ってもだめなわがまま娘」

ぐらいにしか思っていない。

二人とも、自分の生活が忙しくて、友美のことなど構っていられないのだ。——そう、それに、友美と違って、「頭も良くて、よく言うことを聞く」弟がいる。

弟の和也《かずや》は今中学二年生。小学校から大学まで続く私立名門校で、いつもトップクラスの成績を取っている。

友美は和也のことを別に何とも思っていない。人はそれぞれ。和也がいい成績を取っているのは、よく勉強するから、という明解な理由がある。

和也が両親の期待を一身に担っている分、友美は放っておかれるので、むしろありがたい。

でも——和也も、そろそろ女の子に関心を持つような時期だ。姉としては、付合いにくいガールフレンドなど作ってほしくないが……。

車が、たまにこの通りを抜けて行くと、ライトが一瞬友美の座っている所を照らす。

「へえ……。凄《すご》い車」

と、友美は呟いた。

今、ライトで照らして行ったのは、何とかいう外国のスポーツカーだ。フェラーリ？ポルシェ？

「何だっていいけど……」

きっと何千万円もするんだろう。友美には車のことはさっぱり分らないが。

世の中にはお金持《かねもち》っているもんだ。

すると——友美はびっくりした。今通って行った「凄い車」が、なぜかバックして来て、目の前で停ったのだ。

窓が下りると、女の人が顔を出した。そして、

「友美ちゃん？」

と、言ったのである。

「え？」

目を丸くしていると、

「笹井《ささい》友美ちゃんでしょ？　——忘れた？　六年生のとき、家庭教師に行ってた篠原純代《しのはらすみよ》よ」

「あ……。純代先生」

中学入試のために、三か月だけ親が付けてくれた「先生」だ。

「何してるの、こんな所で？」

と訊かれても、すぐに答えられない。

しかし、その「元先生」は、あえてそれ以上訊こうとしなかった。

「いいわ、何でも」

と、微笑んで言うと、「ともかく、ここで友美ちゃんと出会った以上は、放って行ってしまうわけにいかない」

と、ドアを開けて降りて来る。

「でも、私……」

「ハンバーガー食べて、この寒さの中で一夜を過すなんて！　絶対にそんなこと、見過せないわ」

「先生……」

「もっとおいしい店があるわ。そこで食べても、あなたの人生哲学には反しないんじゃない？」

「そうですね……。どうしてもハンバーガーでなきゃってわけでも」

「じゃ決った！　助手席に乗って」

篠原純代は、都心のホテルへと向った。

「おいしい！」

と、友美はため息をついて、「私、こんなにおいしいハンバーグ、食べたことない」

「ただのハンバーグじゃなくて、松阪牛《まつさかうし》の貴重な肉でこしらえたハンバーグですからね」

と、純代が言った。

「本当においしい！」

と、友美はくり返した。

高級イタリアンの店。——店内のテーブルは、ほぼ埋っていた。

「ゆっくり食べてね」

と、純代は小さめのステーキを、すでに食べ終えていて、「友美ちゃん、今夜はこのホテルの部屋を取ってあるから、泊って」

「え？　でも——私、お金、そんなに……」

「もちろん私に請求書が回ってくるわ」

「それじゃ申し訳ないですよ」

「いいのよ。ご両親だって、このホテルならご心配されずにすむわ」

「先生、それって……」

「さっき、お宅に電話して、お母様に話しておいたわ。今夜、あなたは私と映画を見て、食事。遅くなったんで、今夜はここに泊ることにしたから、って」

「そんなことまで……」

「いいのよ。あなたも分ってるでしょ。私、ちょっと事業に成功してね、結構なお金持なの」

「それで、あの車も？」

「フェラーリよ。乗り心地いいでしょ？」

と、純代は得意げに言った。

「先生、凄いな！」

と、友美はすっかり感心してしまった。

そろそろ食事が終るときになって、

「あら、いけない」

と、純代がちょっと笑って、「あなたといるのが楽しくて、ついワインなんか飲んじゃった！　車なのに」

「あ、すみません。私も気が付かなかった」

「いいわ！　明日は午前中予定もないし。私も一緒に泊ろう」

友美も愉快になって、一緒に笑った。

正直、三か月ほど家庭教師に来てくれていたというだけで、どうしてこんなに親切にしてくれるのか、よく分らなかったが、当人が楽しんでいるから、構わないのだろう。

友美は、しっかりデザートまで食べて、お腹一杯になると、純代について、レストランの入っているホテルの部屋へと上って行った。

「——凄い！」

特大のベッドが二つ並んだ、デラックスツインルーム。

「さあ、お風呂に入って」

純代はコートをクローゼットにしまうと、「私、少し仕事しなきゃいけないの。ゆっくりお風呂に入って、先に寝ててちょうだい」

今さら遠慮することもない。——友美は、広々としたバスルームで、溺《おぼ》れてしまいそうなバスタブに浸って、思い切り手足を伸した。

明日も、学校はある。でも、サボることなんか珍しくもないし、こんな夢のような体験ができるのなら……。

いい加減のぼせて、やっと風呂から出ると、分厚いタオル地のバスローブをはおって、ベッドに倒れ込んだ。

こんな状態で、眠くならないわけがない。

「先生、お先にお風呂……」

と、純代がパソコンに向っているところへ声をかけた……ような気がしたが、それは夢だったのかもしれない。

「髪、乾かさなきゃ……」

と、思ったことは憶えている。

だが――次の瞬間には、友美は広いベッドに手足を一杯に広げて、眠ってしまっていたのである。

あれ？　――電話、鳴ってる？

友美は、ふしぎな気がした。この鳴り方って、スマホとも違うし、家の電話でもない。

どこの電話？　――目を開けて、

「え？　ここ、どこ？」

と、友美は口に出して言った。

それから思い出した！　ゆうべ、あの元家庭教師の篠原純代先生にごちそうになり、このホテルの豪華な部屋に泊った。

今、鳴っているのは、ナイトテーブルの上の、ホテルの電話だった。

ベッドの上を這《は》って進むと、受話器を取る。

「もしもし」

「――友美ちゃん、起きた？」

「あ、先生。すみません！　私、ぐっすり――」

「よく寝てるから起さなかった。でも、あなた裸で寝てたから、服着るの忘れないでね」

「本当だ！　――いやだな、恥ずかしい」

「私は仕事があるから先に出たわ。もう支払いもすんでるから」

「はい。すみませんでした。こんなにお世話になりっ放しで」

「あのね、一つお願いがあるの」

「はい、何ですか？」

「あなたのバッグに、私の化粧ポーチが入ってるの。仕事に持って歩くのは邪魔なので、入れさせてもらった。それをね、ある所に届けてほしいの」

「分りました」

友美は、メモ用紙を見付けて、言われた場所をメモした。

「――必ず届けます」

「お願いね。夕方までに届けてくれればいいわ」

「分りました」

友美は時計を見て、もう午後二時になっているのでびっくりした。

夢の一夜は終ったが、次に何が始まろうとしているのか、友美は全く知らなかった……。

3 長い影

カーテンコールは三回くり返されて終った。

「出ようか」

と、席から立って、杉原瞳《ひとみ》は言った。

「少し待とう。どうせ通路一杯だし」

「そうだね。少しのんびり出よう」

座席の間の通路では、人が少しずつ小刻みに動いて、ホールから出て行こうとしている。

「——良かったわ」

と言ったのは、瞳の友人、石川美沙子《いしかわみさこ》である。「私、あのメゾ・ソプラノ、好きだな」

「同感」

と、瞳は肯いて、「あの人でもってるね、舞台が」

主役はソプラノなのだが、見終ると、記憶に残っているのは、脇役のメゾ・ソプラノばかりだったのだ。

「――やっと動き出した」

通路を抜けて、二人はロビーに出た。

「何か食べて帰る？」

と、瞳は訊いた。

「うん。そのつもりで、家にもそう言ってある」

「じゃ、ホールを出たところで探そうか」

――杉原瞳は今二十四歳。声楽を学んで、今は大学の研究生だ。

瞳はソプラノで、友人の石川美沙子はメゾ・ソプラノ。

二人とも小さな合唱団にも所属していた。

ホールを出ようとしたとき、

「ちょっと、ごめんなさい」

と、二人に声をかけて来た女性がいた。

「私たちですか？」

「そう。――杉原瞳さんと石川美沙子さんでしょ？」

「そうですけど……」

と、瞳が当惑していると、

「私、岩崎澄江《いわさきすみえ》」

と、二人に一枚ずつ名刺を渡して、「今日の公演の主催、〈Sオペラ・ソサエティ〉の者よ」

「ああ、お名前は」

と、瞳は言った。「今日の公演、良かったですね」

「ありがとう。お二人のことは〈ピッポ先生〉から聞いてるわ」

瞳と美沙子は顔を見合せて笑った。〈ピッポ先生〉とは、二人の声楽の教師、内海《うつみ》マリナのあだ名である。

「私もね、昔、あの先生に習ってたことがあるの」

と、岩崎澄江は言った。

「そうなんですか」

「でも、『あんたは才能ないから、プロデューサーにでもなりなさい』って、はっきり言われてね。まあ、その通りになったんだけど……」

元気のいい話し方をする女性で、瞳たちは誘われて近くのティールームに入った。

「──お二人のこと、〈ピッポ先生〉から聞いてた。くせのない、真直《まつす》ぐな歌い方をするのがいい、って話だったわ」

「そんなこと、言われたことない」

と、瞳は言った。「ね、美沙子？」

「私だって。いつもけなされるばっかり」

「先生なんて、そんなものでしょ」

と、岩崎澄江は笑って、「でも、一度オペラの舞台に立たせたいっておっしゃってたわ」

「へえ……」

「実はね、〈Sオペラ・ソサエティ〉で、来年の春に〈フィガロ〉をやるの」

「〈フィガロ〉？」

モーツァルトのオペラ〈フィガロの結婚〉のことだ。

「若手の歌手でキャストを組みたいと思ってて。どうかしら？　来月のオーディションを受ける気はない？」

瞳も美沙子も、しばし言葉を失った。

オペラに出る。それはコーラスで歌っているのとはまるで次元の違う話だ。

「——あの、それって、具体的な話ですか？」

と、瞳は訊いた。

「もちろん。主役というわけにはいかないけど、ソプラノはあなたね？　杉原瞳さん」

「ええ」

「あなたは〈フィガロ〉のバルバリーナで受けてもらう。分るでしょ？」

「もちろん」

「で――メゾは石川美沙子さんね。あなたは、ちょっと大変だけど、ケルビーノで受けてみてほしいの」

「え……」

美沙子が唖然《あぜん》とする。瞳が美沙子をつついた。

「凄いじゃない！」

「ちょっと――凄過ぎ」

美沙子は顔がこわばっていた。

もちろん、モーツァルトの〈フィガロの結婚〉は名作中の名作。歌うのだって容易ではない。

浮気な伯爵に婚約者を狙われた使用人のフィガロが、計略をめぐらせて伯爵をやっつける。貴族階級に対してモーツァルトが痛烈な皮肉をぶつけた作品。

でも、もちろん、「音楽」として傑作なのである。

ソプラノの主役は夫の不実に悩む伯爵夫人と、フィガロの婚約者スザンナ。

バルバリーナは小さな役だが、第四幕で、失くしものを捜しながら歌う〈失くしてしまったわ、どうしよう〉という歌は、短いがきれいな哀愁を帯びた短調のメロディで、印象に残る。ソプラノ歌手なら一度歌ってみたい歌だ。

しかし——メゾ・ソプラノの役、ケルビーノとなると大変だ。

いわゆる「ズボン役」という、女性が歌う「男の子の役」だ。おませな少年で、恋に目覚めて、伯爵夫人にひそかに憧れている。

特に第二幕で歌う〈恋とはどんなものかしら〉は、〈フィガロの結婚〉の中でも、一番有名な歌かもしれない。

演技も求められるし、ともかくメゾの代表的な役の一つだ。

「でも、せっかくのチャンスだよ！　やってみなよ！」

と、瞳は美沙子を励ました。

「待ってよ。だって——オーディションでしょ？　落ちるよ、きっと」

「初めから、そんなこと言って！」

「来月の中ごろ。詳細なスケジュールはメールで知らせるわ」

と、澄江が言った。「杉原さんは〈失くしてしまった〉を歌えるようにね」

「分りました」

「石川さんは、〈恋とはどんなものかしら〉を歌って。内海先生には、私から連絡しておく」

と、瞳たちの返事を待つでもなくそう言うと、「楽しむつもりで、オーディションを受けてみて。それじゃ、私、ホールに戻らなきゃいけないから」

岩崎澄江はそう言って、ティールームを出て行ってしまった。

瞳と美沙子は、しばらく無言だったが……。

「――ともかく受けてみようよ」

と、瞳が口を開いた。

「瞳はいいけど……。私、とっても無理だよ」

と、美沙子は大きく息を吐き出した。

「でも、美沙子、似合うと思うよ、少年の役なんて」

「ま、いいや。受けろって言ったのは、向うだもんね」

「そうそう。でもあの一曲はちゃんと歌えるようにしないとね」

「本当だ！　しごかれるね」

ため息と共に、美沙子の言葉には「やりがいがある」という思いを聞き取れた。

瞳は嬉しかった。もしオーディションに受かれば、美沙子は今よりずっと力をつける機会を得られる。

瞳は、美沙子に、負い目を抱いていた。以前、瞳の同性の恋人だった、ポピュラーシンガーの三ツ橋愛《みつはしあい》が、薬物を使ったことで、歌手としての活動をできなくなった。薬物のせいもあっただろうが、瞳を恨んで、ナイフで刺そうとしたのだ。

しかし、刃は一緒にいた美沙子の背中を誤って刺してしまった。傷はかなり深かったが、幸い心臓までには達せず、それでも何か月かの入院とリハビリが必要だった。

美沙子は全快し、歌にも大きな影響は出なかったのだ。

三ツ橋愛は逮捕されて、まだ公判中だった。——ともかく、瞳は自分の身替りで美沙子が刺されたことを、いつも忘れられなかった。

本当に〈フィガロ〉で、美沙子がケルビーノを歌ってくれたら……。少し引込《ひっこ》み思案なところのある美沙子を、瞳は励まし、支えて行こうと思った……。


「へえ、〈フィガロ〉？」

と、話を聞いて、爽香は言った。「すてきじゃないの。瞳ちゃんが出たら、みんなで見に行くわ」

「まだ、オーディションを受ける、っていうだけよ」

と、瞳はちょっと照れたように、「私はともかく、美沙子が出られるといいんだけど」

「美沙子ちゃんって、あの刺された子か」

と、明男《あきお》が言って、爽香ににらまれている。

「オペラか。私も聴いてみよう」

と、珠実が言った。

「うん。聴いてみて。難しいもんじゃないから」

と、瞳は言った。

日曜日。――爽香が家で夕食にすることが多いので、瞳はときどきこうして食べに来ている。

「美沙子さんって、けがはもう治ったんでしょ？」

珠実が訊いた。爽香は、瞳が気にしていることを分っているので、その話題は出したくなかった。

しかし、珠実は純粋に心配して言っているので、止めることもできなかった。

「うん、もうすっかりね」

と、瞳は肯いたが、「ただ……」

「――どうかしたの？」

「あの事件のせいだと思うんだけど……」

と、瞳は少し考え込んで、「もともと、おとなしい子で、慎重が第一ってところがあったんだけどね」

「お母さんと反対だ」

「珠実ちゃん、黙って食べなさい」

と、爽香はにらんだ。

「あれ以来、前以上に控え目になった気がする」

と、瞳は言った。「でも、無理もないよね。いきなり見も知らない人に刺されたりしたら、その恐怖感はずっと尾をひくんじゃないかしら」

「仕方ないわよ。時が解決してくれる。瞳ちゃんが責任を感じることは……」

と言いかけてやめる。

そう言っても、瞳が自分を責めることを止めることはできない。

瞳にとっては、「かつての恋人」に刺されるところだったということもショックだったはずだ。平静を装ってはいるが……。

「ともかく、来月のオーディションに向けて、二人とも大変よ」

と、瞳は明るく言った。

「それはいいことね」

と、爽香は言った。「目指すものがあれば、他のことは目に入らない」

「うん、そうなの。私もそう思って」

「あ、電話だ」

爽香のケータイが鳴っていた。食卓を離れて、居間のテーブルの上に置いたケータイを手に取る。

「あやめちゃんだ。――もしもし」

「チーフ、すみません」

爽香の部下、久保坂《くぼさか》あやめである。「お食事中でした?」

「どうして分るの?」

と、爽香は笑って、「料理が匂ってる?」

「チーフの声がリラックスしてます」

「そう?」

「お休みの日に、すみませんけど」

「いいわよ。どうかした?」

「片付けなきゃいけない仕事があって、今日夕方会社に行ったんですが……」

「あやめちゃん、休日出勤は――」

「承知です。今日だけですよ。私、休みはしっかり取るようにしてますから」

あやめの口調には、ちょっと皮肉の気分がこもっていた。色々事件に巻き込まれて休日もなく駆け回ったりするのは、他ならぬ爽香のせいだからだ。

爽香だって、そこはよく分っている。

「それで――」

「ええ。会社には十分くらいしかいなくて、すぐ出たんですが、表に出たところで腕をつかまれて」

「誰に？」

「人事の笹井さんだったんです」

〈G興産〉の人事課長だ。あやめは続けて、

「いきなり私に、『助けてくれ！　頼む！』って。びっくりしました」

「何の話だったの？」

「それが、チーフにお願いがあるってことだったんです。今日出社してないか、見に来て、私がいたので」

「笹井さんとはお付合いもないわよね」

「それが、息子さんのことで。今、中学二年生で、〈K学園〉に通っているそうです」

「名門校ね」

「ええ。私も耳にしたことがあります。笹井さんが息子さんの自慢をしているのを。学年でもトップになったんだって。ところが――」

「何かあったわけね？」

「万引きです。それも、デパートの高級時計の売場で、腕時計をポケットに」

「それで捕まったの？　それはお父さんとしては焦るでしょうね」

「そのことでチーフに。デパートと警察に口をきいてもらえないかと」

「私に？」

「チーフが警察に協力して来たことは知ってますからね。でも、それとこれとは……」

「そんなこと、とても無理だわ。デパートは警察に通報したのね？」

「ガードマンが止めたら、逃げ出したらしいんです。それでお客の前で騒ぎになっちゃって」

「でも、それは……。初めてのことなら、謝罪すれば何とかなるかもしれないけどね」

「ともかく、笹井さんは学校に知られるのを恐れてるんです。ただじゃすまないでしょう。名門校で、優等生だったのが——。あ、ちょっと待って下さい。笹井さんからかかってます」

「じゃ、かけ直して」

爽香は一旦切ると、食卓に戻った。

「それは、当人がちゃんと反省しないとな」

話を聞いて、明男が言った。「裏から手を回したりしたら、却《かえ》って良くない」

「親の気持も分るけど、後のことを考えたらね。——あ、かかって来た」

しかし、あやめの話は意外なものだった。

「——別にいいルートを見付けたと言って」

「口をきいてくれる人を？　じゃ、うまく話がついたのかしら」

「そうらしいです。上機嫌でした。お騒がせしまして」

しかし、爽香は何だかスッキリしなかった。〈G興産〉の課長が、それほど有力なコネを持っているだろうか？

「――ま、私には係りないわね」

食卓に戻ると、爽香はご飯の二杯目をよそって、珠実から、

「お母さん、太るよ」

と、注意された……。

4　寄り道

何かあったんだ。

そのことだけは、すぐに分った。家の中の空気が、普通じゃない。

友美はコートを脱いだ。

母、詩子《うたこ》がキッチンから出て来た。

「ただいま」

と、友美は言った。

夜、十一時を過ぎている。いつもなら、

「今ごろまで何やってたの！」

とか、

「九時までに帰りなさいって、何度言えば分るの！」

というヒステリックな声が飛んで来るのに、母は友美をチラリと見ただけで、

「お帰りなさい」

と言ったのである。「何か食べたの？」

友美は面食らったが、

「食べそこねたけど……」

「じゃ、カレーを温めて食べなさい。ご飯はまだ冷えてないわ」

と言って、詩子はそのまま二階へ上って行った。

「――どうなってるの」

と、友美は呟いた。

ともかく二階へ上って、自分の部屋で着替える。――絶対におかしい。

部屋を出ると、父と危うくぶつかりそうになった。

「帰ったのか」

「うん。――どうしたの？」

「何がだ？」

「何か……変だよ」

しかし、父、笹井浩樹《ひろき》は、

「そうか？　別に何もないぞ」

と言った。「あんまり夜ふかしするなよ」

「うん……」

友美はポカンとして、寝室に入って行く父の姿を見ていた。

——電子レンジで温めたカレーライスをアッという間に食べてしまうと、友美はさっぱりわけの分らないまま、お風呂に入ることにした。

「あれ？」

いつもなら、友美は最後に入浴する。遅くなるので、結果としてそうなるのである。

しかし、今夜は——誰もお風呂を使っていなかった。バスタブも乾いている。

「何なのよ……」

ともかくお湯を入れて、裸になると、ザッと入るだけですませた。——髪を洗うのは明日でもいい。

風呂から上って、思わず声を上げそうになった。洗面所に和也が立っていたのだ。裸の友美はあわててバスタオルをつかんで、体に当てると、

「覗《のぞ》きに来たの？」

と、弟をにらんだ。

「風呂に入るんだ」

と、和也は無表情なままで言った。

「じゃ、どうぞ。お湯抜いてないから。——お母さんは入ってないのね」

「うん。入る気になれないんだろ」

「どうして？」

「僕のせいさ」

と言うと、和也は服を脱ぎ始めた。

友美は、バスタオル一つで、それ以上話もできず、そのまま浴室を出て、二階へ上った。

体を拭いて、パジャマ姿になると、

「やっぱり髪も洗っとけば良かったかな」

と呟いた。

面倒なことは、つい先延ばしにしてしまうが、そうするともっと面倒になる。

「まあいいや」

和也が入ってるのに、今から髪だけ洗いにも行けない。

友美は、バスタオルを手に、階段を下りて行った。——洗面所に置いたタオル掛けに掛けておけば……。

「——和也？」

お風呂が、いやに静かだった。シャワーの音も、お湯のはねる音もしない。

「あんた、居眠りしてんじゃないの？」

と、声をかけると、友美は戸を開けて中を覗いた。

凍りついた。――和也はバスタブに横たわり、お湯は薄く赤く染っていた。

「和也！」

手首を切っていた。タイルの床に、父のカミソリが落ちて、血が飛んでいた。

「何やってるの！　和也！」

友美は、あらん限りの大声で、「お母さん！　お父さん！」

と叫ぶと、バスタブの中へ飛び込んだ。

和也の体を引きずるようにして、洗面所まで持って来たが、父も母もやって来ていなかった。

「お母さん！　早く来て！」

友美はくり返し叫んだ。


「万引きした？　和也が？」

友美は耳を疑った。

「違うのよ」

と、母、詩子は言った。「ただ、その時計を見て気に入ったから、買うつもりでポケットに入れたの。それをデパートの人が勘違いして……」

「でも、それって……」

「間違いだったのよ」

と言い切る母の言葉に、友美は言いかけた言葉を呑み込んだ。

「でも……」

と、詩子は少し穏やかな顔になって、「あんたが気付いてくれて良かったわ」

和也の出血はそれほどひどくなかった。傷もためらいがあったのだろう、深く切っていなかったのだ。

救急車で運ばれた病院は、詩子の知り合いの医者がいて、たまたま当直に当っていた。

「大丈夫よ、あの子は」

と、詩子は言った。

「でも……学校には？」

「言わないで！　誰にも言っちゃだめよ！」

鋭い声で言った。

「分った。でも何日か休まないと……」

「理由は何とでもつくわ」

詩子は問題にもしていない、という口調で言った。

友美は戸惑った。母がこれほど頑《かたく》なな表情を見せるのを初めて見た気がした。

もちろん、友美の夜遊びや外泊を咎め立てするときは、怒りの顔も見せるが、今の母はそれとも違っていた。何か固く決意していることがあるようだった。

友美は夜の病院の、ガランとした廊下を見回していたが、

「——お父さん、どうしたの？」

と訊いた。

もちろん、父も青くなって、ここまで一緒にやって来たのだが、いつの間にか姿が見えなくなっていた。

「出かけたのよ」

「こんな夜中に？」

「大切なご用があるの。あんたは気にしなくていい」

「そう……」

友美はちょっとムッとして、「じゃ、私、先に帰ってようかな」

「いいわよ。ここはお母さんがいるから」

「それじゃ」

と、立ち上って、「和也に元気出せって言っといて」

とだけ言って、エレベーターへと歩き出した。

「手首を切った？」

と、爽香は思わず訊き返した。「笹井さんの息子が?」

「そのようです」

と、あやめが言った。

「でも——今日も会議に出てたわよ、笹井さん」

昼休み、食事から早めに席に戻った爽香は、あやめの話に驚いた。

「ええ、傷はそうひどくなかったようです。でも、笹井さんの話からすると……」

「万引きの件は、うまく話がついたんじゃなかったのかしら」

「分りません。もちろん、笹井さんにそんなこと訊けないし」

他の社員が戻って来る。爽香は、

「これ以上何もなければ、係り合わないことね」

と言った。「何かあったら教えて」

「了解です」

あやめも席に戻って行く。

爽香はパソコンに来たメールを見て行ったが、「え?」と手を止めた。他ならぬ笹井からメールが入っていたのだ。

〈杉原様
息子に関する話は一切口外しないで下さい〉

う。
「何、これ？」
あやめの方へ目をやると、あやめもパソコンの画面を見ていた。そして二人の目が合
同じメールが、あやめにも行ったのだと分った。
笹井が言っているのは、息子の万引きのことなのか、それとも手首を切ったことなの
だろうか？
「どうでもいいわ」
どっちにせよ、いちいち人に話して歩くことでもない。
爽香のケータイにメールが着信した。——社長の田端《たばた》からだ。
〈杉原君。午後三時から三十分ほど時間を取ってくれ。他の社員に聞かれたくないので、
君のなじみの〈ボエーム〉という店で〉
何ごと？——また何か面倒なことでなきゃいいんだけど……。気が重いままに、
〈了解しました〉
と、返信する爽香だった。
あやめがそばへ来て、
「笹井さんのメール……」
と、小声で言った。

「うん。――ね、息子さんが入院したって話はどこで聞いたの？」

「〈K学園〉に息子が通ってる友人がいるんですけど、その病院の看護師なんです。優等生のことなので、アッという間に話が広まって。父親が〈G興産〉だって知ってるので、言って来たんです」

「そういうこと。――隠しておけないわよね、そういう話は。それじゃ、デパートでの件は……」

「その話はしてませんでしたから、知られてないのかも」

「そう……。ともかく当人が一番辛《つら》いでしょうね。気の毒に」

と、爽香は言って、「これ、見て」

と、田端からのメールを見せた。

「変なことを引き受けないで下さいよ」

と、あやめが眉をひそめた……。


「ツイてなかったわ」

と、詩子は言った。「この病院の看護師の息子が、〈K学園〉にいたのよ」

「それじゃ、もう学校には――」

電話に出た笹井は青ざめていただろう。

「でも、その理由までは分ってない」

と、詩子は言った。

「どういうことだ？」

詩子は病院の待合室のベンチでスマホを手に話していた。

朝早く、親しくしている和也の同級生の母親から、

「大変だったわね」

と、電話が入ったのだ。

詩子は、

「ありがとう。ちょっと……色々あってね。あの子、気が優しいから……」

とだけ言っておいた。

「デパートの件は学校も知らないのよ」

「そうか。しかし、いずれ話さなきゃならんだろう」

と、笹井は言った。

「いいえ」

と、詩子は強い口調で言った。「他の理由があったということにすれば」

「どういう理由だ？」

「万引きしたなんて知れたら、あの子は終りだわ。でも、悩みごとがあって自殺しよう

としたのなら、先生方も同情してくれる」

「それはそうかもしれないが……」

笹井は困惑した様子で、「何か考えがあるのか」

「ええ」

と、詩子は言った。「姉の非行のせいだということにするのよ」

5　内緒の話

「もう君も五十になるんだな」

と、田端は言った。

「社長。それって、お世辞ですか、皮肉ですか？」

と、爽香はコーヒーを一口飲んで言った。「私、もう五十一ですけど」

「そうだっけ？　――そうか。いや、しかし若いよ。昔とちっとも変らない。珠実ちゃんは元気かい？」

「おかげさまで」

爽香の〈休憩所〉とも言うべき、〈ラ・ボエーム〉で、社長の田端将夫《まさお》と向い合っている。

「もういくつになったかな。珠実ちゃんは」

「十五歳。中学三年生です」

「じゃ、もう来年は高校か？　早いもんだな！」

「あの、社長——」

「うん、いや分ってる。そんな話をしに来たんじゃない」

と、田端は急いで言うと、「ここのコーヒーは旨いね、本当に」

「ありがとうございます」

と、奥のカウンターでマスターの増田《ますだ》が言った。

何か困ったことがあるのだろう。長い付合いで、田端の考えていることはよく分る。

「君も、もう五十……五十一か。君の業績からすれば、部長待遇にはしても当然だ」

「そんなこと……。無理だってことはご承知でしょう？　私と私のチームは、ただでさえ社内で『特別扱いされてる』と言われてるんです。この上、私が五十そこそこで幹部になったら、それこそ何を言われるか」

「そうだな。それに、君はその手のことに関心がないだろ。出世とか肩書とか」

「出世には興味ありませんけど、お給料の額には大いに興味あります」

と、爽香は言った。「それで、社長、何をやらかしたんですか？」

「え？」

「平凡な浮気ですか？　そんな話、私に持ち込まないで下さいね」

「誰もそんなこと言ってないだろ」

と、田端は渋い顔で言った。

「違うんですか？」

「いや、まあ……ちょっと付合ってる子がいるのは事実だ。でも、遊びだよ、遊び。向うもそう割り切ってる」

「祐子《ゆうこ》さんもそう割り切ってくれたらいいですけどね」

「祐子は気が付いてない。本当だ」

「そう思ってるのは社長だけですよ」

「いや、まさか……。そんな話じゃないんだ。元は女房の言い出したことなんだ」

「祐子さんが？」

田端の妻祐子は、かつて爽香の夫明男と恋人同士だったことがある。もちろん（！）爽香と結婚するずっと前の話だ。

「また何か事故でも……」

祐子のこととなると、つい良くない連想が湧いてしまう。

「いや、もう全く自分じゃ運転しないよ。運転手を一人雇ってるしね」

「その方が安全です」

田端と祐子の息子、良久《よしひさ》も、もう二十歳になるはずだ。むしろ、そちらの方が心配かもしれない。

「良久さんは車を？」

「免許は取ってる。しかし、どっちに似たのか、凄く慎重な奴なんだ。自分の車を欲しがろうとしない。専ら電車とバスでね」

「利口ですね」

「その——息子のためなんだが……」

「良久さんのため？」

「あいつ、このところ小さな劇団にのめり込んでてね。自分じゃ舞台に立つような度胸はない。企画とかプロデューサーとか……。どういうことをやるのか知らんが、ろくに大学に行かずに、そういう連中の所に入り浸ってるよ」

「若いころには、よくそういうことがありますよ」

と、爽香は言った。「でも——それが私とどういう……」

「演劇関係の授賞式があって、そのパーティから流れた二次会の席で、その世界じゃ有名な演出家だか何だかから、『今度、日本でも世界に通用する演劇祭をやろう』という話が出たそうなんだ。もちろん酔った上での話だが。——その席に、たまたま、良久を迎えに行ってた祐子が一緒にいてね……」

爽香は、何だかちょっと「いやな予感」がして来た。

しかし、社長の話を遮《さえぎ》る度胸は、さすがになかった。

「祐子も、つられてちょっと飲んだらしいんだな」

と、田端は続けた。「あんまりアルコールには強くないんだが、その場の雰囲気というかね。ワインの二、三杯も飲んだ。そして、演出家とすっかり意気投合しちまったらしいんだ。で、居合せた面々が色々とプランを持ち出すのを、『それぐらいのことなら、うちの主人に任せて！』と引き受けてしまったみたいで……」

「社長……」

爽香も、つい口を出していた。「もしかして、その尻拭《ぬぐ》いを私に？」

「いや、そんなことじゃないんだ。後になって、祐子もちょっと言い過ぎたとは思ったらしい。ただ……良久がね」

「良久さんがどうしたんですか？」

「その仲間内で、すっかりヒーローになってしまったんだ。その〈演劇祭〉のチーフプロデューサーってことに……」

「二十歳でですか？　無茶ですよ」

「もちろん肩書だけだろう。それはみんな分ってると思う。ただ、当人は本当に嬉しそうでね。僕も、あんなに活き活きしてる良久を見たのは初めてだ」

爽香はため息をつく。

「社長。いい加減に結論を。私に何をしろとおっしゃるんですか？」

と訊いた。

「うん……。もちろん君が今抱えてる仕事だけでも大変だってことは分ってる。だから、これ以上……」

「良久さんに何か話せと？」

「そうじゃない。その〈演劇祭〉ってやつを君に取り仕切ってほしい」

爽香は唖然として、

「本当に開くんですか？　とんでもなくお金がかかりますよ！」

と、思わず声を上げた。

「そうだろうね。しかし――その仲間たちの前で、祐子が『お金のことは心配しないで！』と、大見得《おおみえ》を切っちまったらしくてね」

「そんな……。もし開くとしても、うちはせいぜい協賛スポンサーというところが分相応だと思いますよ」

「そう！　その協賛してくれるスポンサー捜しも頼みたいんだ！　君はこれまで色んなところに恩を売ってるだろ。そのコネを利用して……」

「いやですよ、みっともない」

と、爽香は眉をひそめて、「恩の押し売りみたいじゃないですか」

「しかし、快く協力してくれる所だってあるだろ？　もちろん無理強いしろとは言わないが、スポンサーがないと……」

「〈G興産〉が全額負担することになる……」

「まあ、そういうことだ」

「でも――」

と、爽香は言いかけて気付いた。

これは田端の「罪滅ぼし」なのだ。たぶん若い彼女を作っていることも、もちろん祐子は承知だろう。

そんな両親を見て育っている良久は……。爽香も、たまに会社の行事のときなどに会うことがあるが、どっちに似たのか――どっちにも似ず、と言うべきか、至っておとなしい子なのである。

妻と息子の両方が「やる気」を出しているイベントを成功させれば、田端の良心も多少はおさまるのかもしれない。

「――分りました」

コーヒーを飲み干して、爽香は言った。

「ありがとう！　君はやっぱり頼りになる」

「待って下さい！　まず実現可能かどうか、色々当ってみます。費用も大体のところを。その上でご報告します」

「うん！　ただ、あんまり時間をかけないでくれ。せっかく二人が熱中してるんだ」

もう！　勝手なことばっかり言って！

妻と子に「いい顔」をしてみせるのに、どうしてこっちが付合わなきゃいけないの？

こっちは「本業」も忙しいんです。家庭内の問題については、ご自分で何とかして下さい！

――と、言ってやりたかったが、やはり相手は社長である。

ともかく、当ってみるぐらいのことはしなければなるまい。

「それじゃ、ここは僕が」

田端がコーヒー代を払ってくれたが、爽香としては、そんなことでこっちの機嫌を取ったつもりにならないでよね、と思ったのだった……。

「それは大変だったわね」

と、篠原純代が言った。「で、弟さんは大したことないの？」

「ええ」

友美は肯いて、「手首の傷の方は大丈夫みたいですけど、当人もそこまで追い詰められたら……」

「そうよね。ちゃんとカウンセラーとかに相談した方がいいんじゃない？」

「私もそう思うんだけど……。お母さんも和也当人のことより、学校にどう思われるかばっかり気にしてて」

友美は、かつての家庭教師、篠原純代と、イタリア料理のレストランで食事していた。夜、外で座っていたとき、純代に声をかけられてから、友美はすっかり純代の「妹分」になっていた。

おいしいレストランに連れて行ってくれるし、時には夜中まで遊んでしまう。

友美は、高校をしばしば休むようになっていたが……。

「和也のことは心配で」

と、友美は言った。「これまで、いい子だったから、却って……」

「分るわ」

と、純代は肯いた。「きっと、どこか無理をしてたのね」

「そう！　そうなんです。あいつ、いつも学年でトップにならないといけない、って頑張ってて」

——食後のコーヒーを飲みながら、

「弟さんのことだけど、デパートの方は大丈夫なの？」

と、純代が訊いた。「むしろ、そんな所で万引きしたとしたら、そっちの方が問題でしょ」

「ええ……。お母さんにも訊いたんだけど、はっきりしたことを言わないんです。私も、デパートから学校に話が行ったら、と気になってるんですけど」

純代は少し考えていたが、

「そのデパートなら、私の知ってる人がいるわ。結構偉いのよ」

「それじゃ、もしかして……」

「訊いてみてあげるわ。ちゃんとそういう点は話の分る人だから」

「ありがとう！　先生、ずいぶん顔が広いのね」

「もう『先生』はやめてよ」

「ごめんなさい」

と、友美は笑って、「でも何て呼べば？」

「『純代さん』でも『純ちゃん』でもいいわよ」

「私……いつもくっついて歩いて、迷惑じゃないですか？」

「だったら、連れて歩かないわ」

「それならいいけど……」

「そうね。ちょっと私のために役に立ってくれる気はある？」

「ええ！　何でも言って！」

「そんなこと、簡単に口にするもんじゃないわよ。高校一年生っていったら、もう『少女』じゃなくて『女』だからね」

「え？　でも——私なんて、まだ子供でしょ？」

と、友美はちょっと頬を赤らめた。

「その様子じゃ、まだ男の子と経験してないのね？」

「先生——純代さん、私って、ちっとももてないんですよ」

と、冗談めかして言った友美だが、「問題のある生徒」と思われているものの、その実、ほとんどデートらしいデートもしたことがない。

「もてる方法を教えてあげましょうか」

「そんな方法があるの？」

「まず、真面目に学校に通うこと」

「え？」

「男はね、何といっても清く正しく美しい女の子が好きなの。遊び相手と見られたら、本気で付合っちゃくれないわよ」

「でも……」

「真面目な子が、誰も知らない所で大人の女に変身する。男なら、そこに参っちゃうのよ」

「面白そう。でも、私にはそんなこと——」

「それで私の役に立ってくれることになるのよ」

「そうなんですか？」

友美は、純代の言っていることがよく理解できなかったが、純代の役に立てると思うと、「じゃ、私、優等生になろうかな」

と言った。

「それがいいわ。私も平日は声をかけないようにするから。その代り、週末は空けておいて。もちろん、あらかじめ連絡するわ」

「分りました」

周囲がさぞびっくりするだろうと思うと、友美は愉快な気がした。

「じゃ、あんまり遅くならない内に、お宅まで送りましょうか」

と、純代は立ちかけたが――。

そのとき、二人のテーブルのすぐそばで足を止めた男性がいた。

純代がその男を見上げて、目を見開いた。

「やあ」

と、その男は微笑んで言った。「久しぶりだ」

友美は、四十ぐらいかと見えるその男を見た純代が、しばし言葉を失っているのを見て、この人、誰なんだろう、と思った。

一見したところ、パリッとしたエリートビジネスマンという印象だ。

その男は友美を珍しそうに眺めて、

「君の娘か？」

と言ってから、「そんなわけないか。いくら久しぶりでも」

と笑って、

「じゃ、またいずれ」

と、レストランを出て行った。

「純代さん……。大丈夫？」

友美に訊かれて、純代はやっと我に返った様子で、

「――何ともないわ。昔の知り合いよ」

とだけ言うと、席を立った。

6 発車の時

「色々ありがとうございました」

と、爽香は言った。「どうぞ皆様によろしくお伝え下さい」

「わざわざどうも……」

と、その老紳士は爽香に向ってくり返し頭を下げると、「こちらこそお世話になって……」

「いえ、とんでもない」

新幹線のホームのあちこちで、同じようなやり取りがくり返されていた。

「お荷物は、お座席の上の棚に」

降りて来たのは、爽香の部下の麻生《あそう》である。この老紳士のスーツケースを中に運び込んだのだ。

「それはどうも。お手数でした」

——発車まで、まだ五分ほどあった。

「どうぞお乗り下さい」

と、爽香は言った。「もう時刻ですから」

正直、「お見送りしてくれ」と社長の田端から言われて、東京駅までやって来たが、仕事の上では爽香とはほとんど係りがない人だった。

お互い、「お世話になって」はいなかったのだが……。

「それではどうも……」

と、老紳士が列車に乗り込んで、爽香はホッとした。

「まだ少しありますね」

と、麻生が時計を見て言った。

「もう挨拶したし、帰ろう」

と、爽香が言うと、

「でも、チーフ……」

「え？」

麻生が目をやった方を見ると——ホーム側の席の老紳士が、立ってこっちを見ている。

爽香はあわてて、その窓の方へ行って、会釈した。向うも会釈する。

早く発車して！　爽香は何とか笑顔を作った。こういう時間の長いこと！

そして——やっと、ホームに発車を知らせるベルが鳴り響いた。

爽香は、ホッとした気持が顔に出ないように何とかこらえた。

窓の中の老紳士も、爽香に向って、もう一度ていねいに頭を下げ、席に座った。爽香は麻生と目を見交して、微笑んだ。

そのとき、ホームをバタバタと駆けて来た女性がいた。

はおったコートを、スーパーマンのマントよろしくはためかせながら、凄い勢いで人の間をすり抜けて来ると、今正に発車しようとする列車へと――。

爽香はその女性と危うくぶつかりそうになって、あわてて身をよじった。女性が手にしていた布のバッグが、爽香の肩に当った。

その拍子に、バッグの口が開いていたのか、中から紐《ひも》をかけた包みが飛び出したのである。

「あの――」

と言いかけたが、女性の方は気付かずに駆けて行き、列車に飛び込むように乗った。

発車の笛が鳴る。

爽香は包みを拾い上げると、乗車口へと駆けて行った。そして扉が閉る寸前、車両の中へと包みを投げ込もうとした。

その女性は、やっと包みを落としたことに気付いて、爽香の目の前に立っていた。

包みを差し出した爽香は、その女性に腕をつかまれ、列車の中へ引張り込まれてしまった。

同時に扉がスルスルと閉じる。

「え？——あ！」

よろけて、危うく転びそうになった爽香は、その女性と抱き合うような格好で、何とか立ち直り——列車は動き始めていた。

いやだ！　どうなってるのよ！

さすがに爽香も焦ったが、包みを受け取った女性は、

「ありがとう！」

と、ハアハア息をしながら、「落としたなと思ったけど、もう勢いがついてて、止まらなかったの。拾ってくれて助かったわ！」

「そうですか……」

紐をかけたその包みは何か布地の——カーテンやテーブルクロスぐらいの大きさと思えた。

「いえね、私、この列車に乗り遅れたら死ぬところだったの」

見たところ、三十歳前後だろうか。若い顔立ちだが、老けて見えるのは、ろくに手入れしていない髪と、古いセーターとスカートという、昔の写真から抜け出して来たようないでたちのせいもあるだろう。

そして靴は、といえば、いつの物かと思うような汚れ切った運動靴。手にさげたバッグも、ほつれた糸がいくつも垂れ下っている。

「どこかに座らないと……」

と、女性は左右を見て、「あなたの席はあるの？」

「いえ……。あの——私、これに乗るはずじゃなかったので」

爽香の言葉に、その女性はポカンとしていたが、やがて、

「いやだ！　そうだったの？　私、てっきりあなたもぎりぎりで駆け込んで来たのかと——。ごめんなさい！」

やっと状況を把握したらしく、両手を合せて詫びたのはいいが、次の瞬間、笑い出して止まらなくなってしまった。

その豪快とさえ言える笑い方に、爽香も文句を言う気は失せて、

「私は次の駅で降りて戻ります」

と言った。「お一人で？」

「違うわ。だからどうしてもこれに乗らなきゃいけなかったの」

「じゃ、どなたかお連れが？」

「だって駆け落ちだもん」

と、女性はアッサリと言った。

「そうですか……」

ずいぶん陽気な駆け落ちだ。

「私、井出温子《いであつこ》というの。〈温度〉の〈温〉と書いて、〈あつこ〉。学校じゃ、いつも〈オンコ〉〈オンコ〉って呼ばれてたわ」

と、早口に言うと、「連れを捜さなくちゃ」

「でも――どの車両とか決めてなかったんですか?」

「ともかくこの新幹線ってことだけ。席は適当に……」

「この列車、全席指定ですよ。自由席はありません」

「え、そうなの? でも――長いのよね、新幹線って。いいわ、端から端まで歩きゃ見付かるわね」

そう言うと、爽香の手をギュッと握って、「ありがとう! これがないと大変だったの! お礼もできないけど」

「お気づかいなく。いい旅を」

「ええ。あなた、結婚してる?」

「はい。亭主と娘が一人ずつ」

「幸せね! 私たちも、きっとどこか遠くの小さな町で幸せになれると思ってるわ」

「そうですね。お幸せに」

「ありがとう！」

井出温子というその女性は、不安よりは新しい生活への期待に胸をふくらませている様子で、客室の中へと元気よく入って行った……。


「笑わないで」

と、爽香は夕食の席で、明男をにらんで言った。

「でも、これは笑うよ」

と、珠実が言って、「ハハハ」

と、笑ってみせた。

「こっちは災難よ。次の約束には遅れちゃうし。――麻生君が一人で焦ってた」

「駆け落ちた。今どきそんなことがあるんだな」

と、明男が言った。「おい、ご飯――」

「半分だよ」

と、珠実が口を挟む。「それ以上太らないで」

「そう太ってないだろ」

「そう思ってるのは自分だけ」

珠実は厳しい。

「——その社長の息子さんの話はどうなってるんだ？」

と、明男が食後のコーヒーをいれながら訊いた。

「内輪でやるのなら、できるかもしれないけど、海外から演劇を招《よ》ぶなんてことになったら大変。——来週、良久さんと会って話すことになってる。遊びじゃできないのよ、って、うんとおどかしとくわ」

「祐子は見栄っ張りだからな。一旦、言ったら引込めないだろう」

「でも、〈G興産〉の社長夫人なんだから、その自覚は持っておいていただかないと」

そのとき、居間で寛いでいた爽香の耳に、「新幹線」がどうとかいうニュースの言葉が入って来た。昼間、間違って乗ったせいかもしれない。

「——お母さん」

と、珠実がスマホから顔を上げて、「殺人事件だって」

よく聞いていなかった。——新幹線がホームに停っている。

「トイレの中で死んでいるのが発見され……」

コーヒーを飲む手が止った。

「女性は三十代くらい、焦茶《こげちゃ》色のセーターとグレーのスカート……」

布で覆われて運び出されて行く映像が出ると——足の先がはみ出していた。

息を呑んだ。あの、古ぼけた運動靴だ。

服装も、おそらくあの女性――井出温子のものだろう。

「おい、どうした」

明男が爽香の様子に気付いて、「まさか、お前が――」

「あの人だわ」

爽香はコーヒーカップをテーブルに置いた。

「首を絞めて殺されたものと……」

殺された。――それはもしかして、駆け落ちするはずだった相手によって、だろうか？

「何てこと……」

と、爽香は呟いた。

「お母さん……。また人殺しと出会ったの？　そんなに仲良くしなくてもいいのに」

と、珠実が首を振りながら言った……。


「この人です」

と、爽香は言った。「私が新幹線で会った人です」

「ありがたいです」

と、刑事が言った。「身許《みもと》の分る物を何も持っていなくてね」

パソコンの画面に出ている彼女の顔は、首を絞められたせいか、紫色になっていた。

「私も詳しくは」

と、爽香は言った。「名前は井出温子と言ってました」

メモ用紙に名前を書きつけて、「学生のころ、〈オンコ〉と呼ばれてたと話してましたから、たぶん本当の名前でしょう」

「なるほど」

四十代半ばくらいの、学校教師みたいな刑事は高橋《たかはし》といって、

「河村《かわむら》さんにはずいぶんお世話になりました」

亡くなった河村太郎《たろう》刑事の後輩で、爽香たちの話もよく聞いていたというので、爽香も大分気が楽だった。

「駆け落ちと言っていたんですね？」

「ええ。相手を捜すと言って、別れました。私は次の駅で降りて、東京駅へ戻ったんです」

「その相手のことは何か？」

「何も聞いていません。駆け落ちにしては、ずいぶん明るい感じでしたが……」

幸せになる、と信じて疑っていない様子だった。

「あの人が持っていた荷物は……」

「古くなったバッグ一つでした。死体の下になって落ちていましたが」

「中に、包みはありましたか？　紐をかけた」

「いや、そんな物は何も。着替えとタオルとか、現金が少し入った財布。――五、六万でしたが」

「じゃ、包みが失くなってるんですね」

爽香は事情を説明した。

高橋刑事はメモを取って、

「分りました。それを盗むのが目的だったのですかね」

「さあ……。見たところでは紙でくるんだ、カーテンかテーブルクロスか……。柔らかくて軽い物でしたね」

「そうですか。――いや、名前が分れば、じきに身許も知れるでしょう。ありがとうございました」

「いえ……」

警察を出て、会社へ向いながら、爽香はあの井出温子の屈託のない笑顔を思い出していた。

駆け落ち相手と、遠くの町で幸せになる……。

冷たい風に首をすぼめて、爽香は殺される瞬間の、井出温子の無念さを思って、怒りがこみ上げて来た……。

7　当惑と疑惑と

「あら」

笹井詩子はダイニングキッチンへ入ったところで、足を止めた。「ずいぶん早いのね」

友美が、もう学校へ行く仕度をしてコーヒーを飲んでいたのである。

「いけない？」

と、友美は澄まして言った。「遅刻した方が良かった？」

「そんなわけ、ないじゃないの」

詩子は台所に立って、「何か食べて行く？　目玉焼でも作りましょうか？」

「いいよ」

と、友美は首を振って、「早目に行って、駅前でホットドッグでも食べる」

「そう……」

「夕ご飯、八時ごろにしてくれる？」

「え……。いいけど」

「テスト前で、補習授業があるんだ。理数系は苦手だから受けとこうと思って」

「そうなの。——頑張ってね」

詩子は冷蔵庫からジュースを取り出してグラスへ注いだ。

「でも、お母さん、病院の方で時間かかるようなら、私、何か食べて来るけど」

と、友美は言って、「和也、どう？　立ち直ってる？」

「そうね……。食欲は出て来たみたいよ」

「良かったね。退院、いつごろになりそうなの？」

「まだちょっと分らないわ。傷はもういいんだけど、心の面でね。カウンセラーの先生と相談しようってことになってるの」

「焦らない方がいいよね。和也、いつもトップで頑張り過ぎたんだよ」

「そう……かもしれないわね」

詩子は、ちょっと口ごもりながら言った。

友美はコーヒーを飲み干すと、カップを流しへ持って行った。

「あ、いいわよ。お母さんがやるから」

と、詩子が言った。

「うん。それじゃ行ってくる」

「行ってらっしゃい」

出て行きかけて、振り返り、

「晩ご飯、どうする？」

「ああ……。八時ね？　用意するわ」

「うん、分った」

友美が玄関から出て行く音を聞いて、詩子はホッと息をついた。いつもと違う友美の様子に、何となく緊張してしまっていたのである。

「──どうしたの、あの子」

思わず、そう呟いてしまう詩子だった。


友美は、駅のホームに上ると、スマホを取り出して、発信した。

「──あ、もしもし、純代先生。ごめんなさい、朝早くから。今、いい？」

「ええ、大丈夫よ。今、どこなの？」

と、篠原純代は言った。

「学校に行く途中。ね、今朝はお母さんより早く起きたの。そしたら、お母さんのびっくりしたこと！　お母さんの顔、見せてあげたかった」

と、つい笑ってしまう。

「そう。いい気分でしょ？　信用を作っとけば、少々遊んでも疑われないのよ」

「本当！　私、ちょっと真面目に勉強してみようかな。もちろん、和也みたいにはなりたくないけど」

「やってみて。こっちはこっちで、あなたにやってほしいことがあるから」

「うん。楽しみにしてる。——あ、電車が来た。それじゃ」

友美は乗降口の列に並んだ。

「あ、ごめん」

誰かの鞄《かばん》が友美の背中に当った。一瞬、「痴漢？」と思った友美は反射的にキッとにらむように振り向いた。

「ごめん！　わざとじゃないんだ、ごめん！」

にらまれてギョッとした様子の男の子——たぶん高校一、二年生かと見えた。

メガネをかけた、ヒョロリと背の高い男の子だった。そのブレザーの制服に見覚えがあった。

「ああ、都立の——」

と、友美は言った。「気を付けてよね」

背が高いので、肩から下げたバッグが、ちょうど友美の背中に来るのだ。

「悪い。痛かった？」

と、本気で心配している。

友美はどこか頼りなげなその男の子を見ていておかしくなった。

電車に乗ると、同じような流れで、並んで立つことになる。

え？　こんなに混んでたっけ、この電車。

友美はいつもより早い電車に乗ったせいで、ギュウ詰めのラッシュアワーを久しぶりに体験することになった。

そして、どっと押された拍子に——ギュッと、何かを踏んでしまった。

「あ……。ごめん！」

友美が踏んだのは、あの男の子の靴だった。かなり痛かったと思うのだが、

「いや……。大丈夫」

と、男の子は無理に笑って見せた。

それを見て、友美はつい笑ってしまった。

「ごめんね！　私の方がひどかったね」

「大したことないよ。——あれ？　そうか」

と、男の子は初めて気付いた様子で、「君の制服、うちのすぐ近くの——」

「そうよ。何、今ごろ気が付いたの？」

と、友美は呆れて、「高校でしょ？　何年生？」

「一年だよ」

「何だ、同じか。いつもこんなに早いの?」

「『朝講』があるんだ」

「何、それ?」

「朝、授業前にする補講のことさ」

「朝? どうしてそんなに勉強するの?」

そう訊かれて、男の子は困ったように、

「どうして、って言われても……」

「そうか。そうだよね。私の弟も猛烈に勉強してるもんな」

「中学生?」

「そう。〈K学園〉」

「それじゃ大変だね。僕も中学で受けたけど落ちた」

「今は――」

「大学受験のための勉強だよ」

「一年生から? へえ!」

友美の想像を絶する話だった。――真面目そうな子だわ。

友美はちょっと意外な気がした。その男の子のことを、「面白い」と思っていたからである。

本当なら、真面目だけが取り柄で、ちっとも面白そうじゃない男の子なんて、友美の一番嫌いなタイプのはずなのに。

でも、何だか見ていると、心が和むのである。

「オス！　私は笹井友美」

いきなり言われて、相手は面食らった様子で、

「どうも」

と、小さく会釈した。

「――名前は？」

「え？　ああ、そうか！　僕は折井《おりい》っていうんだ。折井和寿《かずとし》」

「和寿か。――ね、メールアドレス、交換しよ」

「はあ……。いいけど……」

ヒョロリとノッポな折井和寿は、ちょっと驚いた様子だったが、やがて鞄からスマホを取り出した……。


「どうも……お忙しいところを……」

その老人は、大分着古したコートをはおり、おずおずと言った。

「いえ、何のご用でしょうか」

と、爽香は訊いた。

「私、井出と申しまして……」

「井出さん……ですか」

〈G興産〉のビルのロビー。来客と言われてやって来たのだが、

「実は娘が……新幹線の中で……とんでもないことになりまして……」

新幹線のトイレで殺されていた女性は、井出温子といっていた。その父親か？

しかし、なぜ爽香の勤め先を知っているのだろう。

そこへ、

「チーフ」

と、あやめが外出から戻って来た。

「ああ、お疲れさま」

と、爽香は言った。

「それで、ぜひお願いしたいことが」

と、老人が言った。「娘の持っていた包みのことです」

「包み……ですか」

「はあ、紐をかけたこれぐらいの、軽めのもので――」

「その包みがどうかしましたか」

「あれは私どもにとって、とても大切なものでして。ぜひお返しいただきたいので」

爽香は当惑して、

「その包みを、私が持っているとおっしゃるんですか？」

「はい。東京駅のホームで……」

「娘さんが落とされたのを拾いました。でも新幹線の中でお渡ししましたよ」

「いや、あの子は持っていなかったのです。他には考えられない。あなたがお持ちのはずだとしか……」

話を聞いていたあやめが、

「待って下さい」

と、割って入った。「殺された方のお父さん？　そんなことあり得ないでしょ。私、今、戻って来るとき見ましたよ。あなたが、白塗りのリムジンから降りて、その古いコートをはおるのを。どなたなんですか？」

すると、老人はちょっと笑って、背筋を真直ぐ伸すと、コートを足下へ落とした。

三揃《みつぞろ》いのスーツを着た男は、どう見ても老人ではなかった。せいぜい五十代半ばというところだろう。

「あんたの部下はとても目がいいようだ」

「私も分っていましたよ」

と、爽香は言った。「コートがいくらボロでも、靴がピカピカでは、アンバランスです」

「手っ取り早く話そう」

男はガラリと変って、事務的な口調になった。「黙って包みを返せば、あんたのことは忘れてやる。しかし、知らないと言い張るのなら……。後悔することになる」

「私は正直に話しています。間違って発車間際に飛び乗ることになりましたが、包みはあの人に渡して、その後どうなったのかは知りません」

爽香は淡々と言った。

「ではどこに行ったんでしょうね」

と、男は爽香の言っていることを信じていない様子だった。

「私に訊かれましても。――あの人の持物は警察が保管しているはずですよ」

「まあいいでしょう」

と、男は冷ややかな口調で、「身の回りをよく捜してみることだ。――またお会いしましょう」

「私どもの方にはお会いする用はないと思いますが」

男はそれきり何も言わずにロビーから出て行ってしまった。

「――どうなってるの？」

と、爽香はため息をついて、「あんなもの、拾わなきゃ良かった！」

「警察に知らせておいた方がいいですよ」

と、あやめが言った。

「そうね。あの高橋って刑事さんに連絡しとこう。でもあの男、何者だろう？」

「写真を送って、見てもらえば」

「写真？」

あやめは、両手で抱きかかえたファイルを片方の腕で持つと、空いた手にしたスマホを見せた。

「たぶん撮れてると思いますよ」

爽香は苦笑して、

「私立探偵に転職する？」

と言った。「私の方に送って。あの刑事さんと、それから松下《まつした》さんに送ってみるわ。何か分るかもしれない」

二人はエレベーターでオフィスへと戻った。

「あの包み、何だったのかしら」

と、エレベーターの中で、爽香は言った。

「誰かが、井出温子さんを殺して、包みを奪ったんでしょうね」

「そうね……。でも、駆け落ちすると本当に信じてたみたいだったわ、あの人」

爽香に嘘をついていたのか？　しかし、そんな風には見えなかったが。

「ついでに、これも刑事さんにお渡ししときましょうね」

あやめは、ロビーで、あの男が脱ぎ捨てて行った古いコートを丸めて持っていたのだった。


「食えない奴だ」

リムジンの座席に身を委ねて、武原《たけはら》は言った。

「杉原爽香って女ですか」

助手席の男が言った。

「とぼけやがって。――しかし、ただの会社員じゃないな」

「ちょっと脅しつけときますか」

「いや、そんなことじゃ効き目はないだろう。――〈G興産〉の裏を探れ。一つや二つ、隠したいことが出て来るだろう」

「承知しました。杉原って女の身辺も洗っときますよ」

「ああ。しかし、例のものを隠してるとしたら、あそこまで知らん顔はできないだろう。本当に持っていないのなら……」

「ですが、殺された女は持ってなかったんですから——」

「誰かが殺したんだ。お前があの新幹線の中を捜してる間にな」

「申し訳ありません。もっと早く見付けていれば……」

「終ったことだ。他に誰があの列車だと知っていたのか、だな」

武原はちょっと息をつくと、「少し眠る。着いたら起こせ」

と言って、目を閉じた。

8　口　実

中身が何だって、知ったことじゃないわよ……。

何だっていい。他の人がいらないっていうものなら、もらっといても文句ないでしょ？

安東夕加《あんどうゆか》は、別に誰からもとがめ立てされていたわけではないが、周囲を見回して、

「何か文句ある？」

と――あくまで頭の中だけで強がって見せていた。

それは多少とも後ろめたさの裏返しでもあった。いや、安東夕加は大して悪いことをしていたわけじゃない。

ただ――新幹線にタダで乗って、東京駅まで二時間余り。うまくトイレに隠れたり、何人かのグループのそばで、はた目にはそのグループの一人かと思われるように振る舞った。

中には、東南アジアからのツアー客と覚しき、にぎやかな席が一つ空いていて、ちょ

っと腰をおろさせてもらった。言葉はまるで分らないのだが、そのツアー客の一人みたいなふりをして、車掌をうまくやり過ごした。

顔をはっきり見られたくはない。

無賃乗車の常連として、安東夕加のことはたいがいの車掌が知っていたからだ。

そこを――今日はうまいこと逃れた。

「間もなく終点、東京です……」

という車内放送で、夕加はホッとする。

でも、気が緩むと、危いことになる。

駅のホームが、窓の外に見えて来ると、夕加は却って不安になる。降りたとたんに、ガシッと腕をつかまれ、

「逮捕する！」

と言われないかと……。

でも、まあ大丈夫。人生に疲れた女のことなんか相手にするほど、向うは暇じゃない。

夕加は手にさげた紙袋を、軽く揺らした。

その荷物は、それほど重くない。袋の中で小さく動いた。

それは、棚の上にポツンと置かれていた。

夕加は、たまたま通路を歩いていて、それに気付いたのだった。

あれ？　――誰の荷物？

その棚の下の席も、通路の反対側の席も、誰も座っていなかったのである。

忘れ物？　――きっとそうだ。

その包みを棚から取って、左右へ目をやった。しかし、誰も夕加のことなど見ていない。

それ、私のよ！　――そう声をかけて来る乗客もいなかった。周囲の乗客は、居眠りしているか、週刊誌をめくっているか、スマホでゲームをしているか……。

夕加は包みを手さげ袋の中へ落として、その場を離れた。

もちろん、忘れて行くぐらいだから、大して値打のあるものじゃないんだろう。金目のものでなかったら、捨てればいい。

いずれにしろ、大したことじゃない、と夕加は思っていたのである。


初めの反応は、松下からだった。

あやめが撮った、あの男の写真を、松下と高橋刑事に送った。

松下からはその十分後に、爽香に電話がかかって来た。

「おい、無事か？」

と、いきなり訊かれた。

「松下さん、びっくりさせないで下さいよ」

仕事の机に戻っていた爽香は、「見てくれたんですね」

「ああ。お前、今度は一体何をやらかしてるんだ?」

松下はため息と共に言った。

「あの写真の——」

「できれば、もう一切係るな」

「私の方から係ったわけじゃ……。ちょっと待って下さい」

急いで席を立つと、空いている会議室へ入った。間髪を入れず、あやめもついて来る。

「事情をお話しします」

爽香は、あの包みをめぐる出来事を話した。

「——ですが、私は包みを持っていませんし、あの男の人が、どうして私が持っていると考えたのかも分らないんです」

「つくづく、お前は色んなことに巻き込まれる奴だな」

「松下さん、あやめです。チーフにとって危険なことなんですか?」

「ああ、そうだな。奴の名は、武原勝治《かつじ》。一応表向きは〈M商会〉という商社の取締役だ」

「ということは……」

「十年前までは、暴力団の幹部で、その世界じゃ、よく知られた男だ」

「まだ五十代と見えましたが」

「おそらく五十五、六だろう。四十代の半ばで、内部抗争で派手にやり合ったが、警察が介入して、武原は身を隠した。二、三人はじかに殺してるはずだが、身替りで自首したのが何人かいて、結局奴は罪に問われなかった」

「それで商社に――」

「潰れかけてた会社を買い取って、取締役におさまった。――担当検事も変って、今の若手は、武原の怖さを知るまい」

「ですが、私にはさっぱり……」

「うん。武原も、昔のヤクザのように、むやみやたらと暴れやしない。もし、お前の言い分で納得すれば、あえて手は出さないだろう」

「それを確かめるのに、どうするか……」

と、あやめが言った。

「そこだ。その包みの中身が何なのか、今までの話じゃ見当がつかないな」

「ええ。持った感じでは、カーテンとかテーブルクロスとかだと思いましたが……。ドラッグなんかだったら、もっと厳重にしたと思うんですよね」

「今は麻薬犬もいるしな。そんな簡単な包みではすまないだろう。しかし、武原本人がお前に会いに来たってことは、何かよほどいわくのあるものだろうな」

「いやになっちゃう！」

と、爽香はため息をついて、「ただ、人の荷物を拾ってあげただけですよ！」

「警察には？」

爽香は、井出温子が殺された事件を調べている高橋刑事のことを説明した。

「そうか。その刑事が、武原のことをよく分ってればいいがな」

と、松下は言った。「ともかく用心に越したことはない。帰宅が少し遅くなったら、タクシーを使うとか、夜道を一人で歩くことのないようにしろ」

決して大げさにものを言う人ではない。

「ご忠告、ありがとうございます」

と、爽香は言った。

「私がついてます！」

と、あやめが力強く言った。

通話を切ると、二人は会議室から廊下へ出た。

「あ、笹井さん」

ちょうど出た所に、笹井が立っていたのである。

「どうも……」

笹井は、ちょっとあわてたように、急いで行ってしまった。

「息子さんはどうしたのかしら」

席へ戻りながら、爽香が言った。

「訊いてみますよ」

と、あやめが肯いて、「デパートの方も、心配でしょう」

「そうね。でも、人間、若いときのあやまちは、いずれ忘れられるわ」

今の爽香には、あの武原のことの方が心配だった。

「チーフ、明男さんや珠実ちゃんにも、念のため、話しておいた方が」

「私も今、そう思ってたの」

と、爽香は言った。「何も知らないってことで、向うが納得してくれればいいけどね……」

祈るような思いだった。


よく聞こえなかったが……。

笹井は、爽香と久保坂あやめが会議室へ入って電話しているのを、気にしていたのである。

ドアの外から耳を澄ませてみたが、話はほとんど聞こえなかった。

ただ、「警察」や「刑事」という言葉が洩れ聞こえたようだった。

今の笹井にとっては、警察沙汰になることが怖い。――もちろん、息子和也のことである。

爽香に相談することも考えた。しかし、わざわざ和也の件を広めるようなものだ、と妻の詩子に言われてやめた。

詩子には何か考えがあるようだ。――任せておけばいい。

笹井は、何かを決断することが、もともと苦手である。いざ、というときには詩子が冷静な判断をする。

和也の自殺未遂を、姉、友美のせいにする。

――そんなことが可能かどうか、笹井には見当もつかなかったが……。

エレベーターホールへ来ると、笹井はつい、詩子のスマホへ電話していた。

「――ああ、俺だ。何かあったか?」

「それが、妙なのよ」

と、詩子が言った。「友美が急に真面目に勉強するとか言い出して」

「そうか。それならそれで――」

「何かあるのよ」

と、詩子は言った。「隠したいことがあるから、あんなに突然、早くに学校に行ったりしたんだわ」

「そうなのか？　しかし、友美も、別に悪いことをしようとは——」

「甘いわよ。夜中に町をうろついたりしてる。何もない方が不自然だわ」

「そうか？」

笹井にとって、友美は確かに少々ひねくれて困った子だが、やはり父親としては娘が可愛い。

「あなたは心配しないで。私に任せといて。いいわね」

そう言われてしまうと、

「ああ、分った」

と言うしかない笹井だったが……。

通話の切れたスマホを見下ろしている内、ふと、

「友美の奴とゆっくり話したことなんかなかったな……」

と呟いた。

弟が手首を切ったときの、あの様子を見ても、友美はやさしい子ではあるのだ。

急に真面目になって、おかしいと言われれば、そんな気もするが、何か事情があるのかもしれない。

笹井は、半ば無意識の内に、友美のスマホに電話していた。父親から、と分れば出な

いかもしれないが……。

「――お父さん？　どうしたの？」

と、いつもの友美の声だ。

「いや、お前、今大丈夫なのか？」

「うん。ちょうど休み時間。和也がどうかした？」

「そんなことじゃない。お前にちょっと……」

「何なの？」

と、友美はふしぎそうだ。

「いや、もし――よかったら、帰りに二人で食事でもしないか。二人だけで話したことなんか、久しくないしな」

「それはそうだけど……」

「都合が悪ければいいんだ」

「そんなことないよ。じゃ、うんとおいしいもの、おごって」

友美が嬉しそうに言った。笹井はちょっと心が弾んで、

「そうか。いいとも。何が食べたい？」

と訊いていたのだった。

「爽香さん、元気？」

ケータイに、いつに変らぬ張りのある声を聞いて、爽香は喜んで、

「相変らずです。栗崎《くりさき》様はお変りなく――」

「もう九十三よ。お変りがあるとしたら、もうお棺《かん》の中だわね」

「やめて下さい。一度ご連絡しようと思ってたんです」

「連絡だけ？　そんなの承知しないわよ」

九十三歳になった大女優は言った。「一度食事しましょ。食欲はさすがに落ちたけどね」

「本当ですか？　去年お食事したときは、私より沢山召し上ってましたけど」

と、爽香は言った。「すぐ、あやめちゃんに予定を訊かせます！」

「待って。月末からね、舞台の稽古が入ってるの」

「まあ。凄いですね」

「さすがに、この年齢になると、使う方が心配して、長い公演には呼ばれないものだけどね。今度のプロデューサーは、昔なじみで、私のこともよく知ってるの。演舞場で二十五日間、一日一回だけど、立派なもんでしょ？」

「拝見します！　みんなを引き連れて行きますよ」

と、爽香は言った。

「よろしく。でもね、ちょっと不満なの」

「何ですか？」

「男と二人の色っぽい場面がなくってね。つまらないわ。脚本家に文句つけてやろうと思ってるんだけど」

どう聞いても、冗談でなく、本気で言っている。

「それはぜひ、場面を追加させるべきですよ！」

と、爽香も大真面目でたきつけたのだった……。

9 綱渡り

スマホが鳴ったとき、武原勝治はソファでウトウトしていた。

まだ五十五歳だが、若いころの抗争の日々は武原の体に応えた。――行きつけのクリニックで血液検査をしてもらうと、

「数値が良くない」

と言われる。

それも一つ二つではない。

まあ、仕方ないか、と思っていた。散々好き勝手をして来た。ヨボヨボになって長生きするより、短くパッと散る方が……。

そう言いながら、「数値」が良くなったり悪くなったりするのを、やたら気にしているのだった。

自宅のソファで、ＴＶの競馬中継など見ながら居眠りするのは、ひとときの安心だったが……。

その時間をスマホの音で邪魔されて、

「誰だ？」

〈非通知〉となっている。「間違いだったらぶっ殺してやる！」

と言いつつ出て、

「ああ、誰だ？」

と言った。

少し間があって、

「あなた、誰？」

と、女の声が言った。

「何だと？　どこへかけてる？」

「知らないけど、その番号がメモに――」

「何なんだ、お前は？」

「そんなにガミガミ言わなくたって……。新幹線で包みを拾ったのよ」

たちまち眠気がさめた。

「包みを？　紐のかかった――」

「ええ。何だろうと思って開けたの。これ、テーブルクロス？　中にね、クシャクシャになったメモ用紙があって、そっちのケータイ番号だけ書いてあったの」

と、女は言った。「捨てちゃおうかと思ったけど、もし大事なものなら……」

武原は急にていねいな口調になって、

「いや、それはわざわざありがとう。それはぜひ引き取りたい。俺は武原ってもんだ。あんた、名前は？」

「安東よ。安東夕加っていうの。ね、落とし物って、拾うと一割もらえるとかいうでしょ。もし大事な物だったら——少し、でいいんだけど、お礼とか……」

「もちろんです。現金の方がいいですね？」

「ええ！　あ、もちろんお気持でいいのよ。そんなに高そうなテーブルクロスでもないみたいだし……」

と、夕加は言った。「だって、このテーブルクロス、何だか汚れてる。洗っておきましょうか？」

「いや、そんな必要はありません」

と、武原は即座に言って、「ご面倒はかけたくない。すぐにいただきに上りますよ」

「それは困ります」

「どうしてですか？」

「だって、あんまりみすぼらしいアパートなんですもの」

「そんなことは——何も問題ありませんよ」

「でも……」

「お宅の住所を教えて下さい。すぐ人をやりますので、渡してやって下さい」

「でも、もう夜も遅いですし」

「なに、車で伺うだけですから」

「でも——私、早く眠ってしまうので……」

「ともかく住所を」

と、武原はメモ用紙を用意した。

「ごめんなさい。今からお風呂に。——明日、駅前のスーパーの前にしましょ。ね、それがいいわ」

そう言われると、「すぐに取りに行く」ことにあまりこだわるのも妙に思われそうで、

「分りました」

と、武原は諦めて言った。

「じゃ、そういうことで」

と、切りそうになったので、武原はあわてて、

「待ってくれ！　どこの駅前なのか教えてくれないと」

少し間があって、相手の女は大笑いした。

「ごめんなさい！　私、言ってなかったわね」

夕加は私鉄の小さな駅の名をあげた。

「小さな駅で、改札口も一つですから」

と、夕加は言った。「じゃ明日――」

「何時に？　何時にそこへ行けば？」

「あら、私、それも言わなかった？　いやね、本当に！　私、朝が弱いんですよ。お昼、十二時ちょうどでどうかしら」

「そうしましょう。よろしく」

「おやすみなさい、武原さん」

そう言われて、武原はついつられて、

「おやすみ――」

と言いかけた。

そんな自分に腹を立てて、切れたスマホへ、

「苛《いら》つく奴だ！　全く！」

と、八つ当りした。

それから部下の今田《いまだ》にかける。――武原が爽香と会ったとき、リムジンに乗っていた男である。

古くからの武原の弟分で、今は〈M商会〉の、何だかよく分らない〈部長〉の肩書き

を持っている。

武原の話を聞いて、

「その安東とかいう女は大丈夫ですか。誰か裏にいるんじゃ……」

と、今田は言った。

「そんな頭のある女じゃないさ」

「そうでしょうか？　そんな小さな駅のそばのスーパーの前ってことは、人目があるわけでしょう。身を守るためかもしれません」

「うん……。そう言われたら……。ともかくお前が行って、ちゃんと受け取って来い」

「それはもちろんですが……。礼金を渡すんですか」

「下手に『約束が違う』とか騒がれても困るからな。適当に出しとけ」

「はあ……。いくらがいいですかね。一万か二万……」

「充分だろう。お前の財布から出しとけ」

「分りました。手に入れたら、そちらへ？」

「ああ。間違っても会社へ持って来るなよ」

「承知してます」

今田はそう言って、「それでは……。今ちょっと忙しいもんで」

「何だ？」

と、武原が言うと、電話の向うで、

「ねえ、まだ終らないの?」

という女の声がする。

「おい! 聞こえるだろ!」

――今田は女と「一戦交えて」いたところらしい。

全く、どいつもこいつも……。

武原は面白くなかった。――このところ、女と縁がない。

今田は確か五十歳だ。俺と五歳しか違わないのに。

「俺だって……」

昔はもてたものだ。しかし――どういうわけか、この数年、女を抱こうとしても、うまく行かない。

特に疲れているわけでもないのに、だめなのである。

しかし――もちろん銀座のクラブで、女性たちに囲まれて、

「俺の思いのままにならない女なんかいない」

といった顔をして見せている。

だが実際には、女の方から誘って来ても、

「また今度な」

と、チップを弾んですませる。

どうしてこんなことになったんだ？　――このところ、武原のパソコンは、その悩みをどこかで解決してくれないかという「人生相談」風のサイトをずっと探している。今夜も、武原はパソコンを立ち上げた。――肝心のあの包みのことは、半ば忘れてしまっていた……。


昼とはいえ、表は風が冷たかった。

「畜生！　もう十二時半だぞ」

と、今田は苛々と呟いた。

ケータイが鳴った。武原からだ。

「まだ来ませんぜ」

と、今田が言うと、

「今、女から電話があった。寝坊したんだそうだ」

「ふざけやがって！」

「そう怒るな。すぐ近くに〈R〉っていう喫茶店があるか？　そこで待っててくれってことだ。早々にすませて戻って来い」

そう言われれば仕方ない。

今田はその喫茶店に入って、コーヒーを飲みながら待つことにした。そして十分ほどすると、ウエイトレスが、

「武原様、いらっしゃいますか」

と呼びかけた。

「何だ」

と、今田は手を上げた。

「お電話です」

店の電話にかけて来たのか？　何て奴だ！

「——ああ」

と、ぶっきら棒に出ると、

「武原さんのお使いの人ね？」

お使いと言われてムッとしたが、

「いつまで待たせるんだ。早く来い」

「そういう口のきき方は良くないわ」

と、夕加は言った。

「何だと？」

「お礼はいくら？　一万円か二万円？　そんなもんでしょうね」

「何の話だ？」

「それじゃ、ちょっと安くないかな、と思って」

「お前――」

「私ね、若いころ、外科の医者だった叔父《おじ》さんを手伝ったことがあるの。あの茶色っぽいテーブルクロスの汚れ、あれって血でしょ」

と、夕加は言った。「武原さんって人が、いやにあれを早く欲しがったからね。何だか気になって、お湯に少しだけつけてみたの。間違いなく血でしょ。ともかく、あれだけ血を吸ってるって、普通じゃないわね。もちろん、本当なら警察に届けなきゃいけないんでしょうけど。もし、そちらがどうしても欲しいっておっしゃるなら……」

今田は怒りをこらえて、

「お前――そんな話で、どうしようっていうんだ」

と、押えた声で言った。

「ちゃんと充分な値段で買い取ってくれるなら、それでいいのよ」

「お前も命知らずだな。武原さん相手にゆすろうってのか？」

「取引よ。よく相談して。私ね、まとまったお金って、ずいぶんお目にかかってないの」

「気楽な口きいてるが、そんなことしてると後悔するぞ」

「また武原さんに電話するわ。よく話し合ってね。そうね、今夜にでも」

そう言って切ってしまった。


「何だと？」

武原は思わず大声を出した。

「聞こえなかった？　耳が遠いの？」

相手が至って普通の口調で言ったので、武原はますます頭に来て、

「ちゃんと聞こえてる！」

「だったら、それで手を打ってくれる？」

――夜、武原にかけて来た安東夕加は、「包み」の代金として、

「五百万でいかが？」

と言って来たのだ。

武原が愕然《がくぜん》としたのも当然だろう。

「ふざけやがって！」

そばで聞いていた今田が思わず口走ると、

「今のは、お使いさんの声ね？　ご苦労さま」

「おい、お前がどういう女か知らんが、よく考えてものを言え」

と、武原は怒りを抑えて言った。「今の内なら、大目に見てやる。これ以上人を馬鹿にした口をきくなら、ただじゃすまないぞ」

「じゃ、警察へ届けてもいいのね。今はＤＮＡ鑑定とかで、テーブルクロスの血が誰のものか、調べれば分るでしょ。もし犯罪と係ってるなら、そちらにはうまくないんじゃないの？」

相手は完全に開き直っている。脅しはききそうにない、と武原は思った。

「——分った。五百万で買えばいいんだな」

「そう簡単に返事するのは、払わないですませようと思ってるからね？　でもね、断っておくけど、昼間のお使いさんとの電話も、この電話も、私、しっかり録音してるのよ。お使いさんが『武原さん』って名前も口にしてるし、私に何かあったら、録音は警察に行く。——本当に五百万、出すのなら、いついつまでに用意する、って具体的に分ってから連絡してちょうだい」

そう言うと、夕加は、「じゃ、またね」

と、切ってしまった。

武原は顔を真赤にして、

「俺の名前を言ったのか！」

と、今田をにらみつけた。

「だって……。まさかそんなこととは……」

と、今田が目を伏せる。

「畜生！」

と、怒ってみたものの、女の住いも知らない。

五百万だと？　――武原はカッとなって、手にしたスマホを放り投げようとしたが……。壊しちゃもったいない！

武原は目の前にあった飲みかけのビールをぐっと呷《あお》って、むせ返った……。

10　話し相手

本業だって忙しい。

爽香はそう言ってやりたかった。特にこの日には……。

お昼ものんびり食べてはいられない。

爽香は三十分でランチをすませると社へ戻った。エレベーターを降りると、

「あ、杉原さん」

と、他の課の女性が声をかけて来た。「笹井さんが捜してましたよ」

「笹井さんが？　――何だろ」

人事課長が仕事の上で爽香と係ることはほとんどない。席に戻った爽香は、机の上にメモが置いてあるのを見た。

〈杉原様
ぜひご相談したいことがあります。午後は出かけていますが、いつでもケータイにかけて下さい。お願いします。

笹井〉

上手《うま》い字とは言えないが、何か懸命な思いがこもっているのは伝わって来る。

爽香はためらったが、今なら周囲にほとんど人がいない。気が進まないままに、笹井のケータイへかけてみた。

びっくりするほどすぐに出て、

「ありがとう！　いや、どうしても聞いていただきたいことがありまして」

「そうですか。あの――仕事の話なら、お帰りになってからでも――」

「そうじゃないんです。ご存じでしょう。うちの息子が入院していること」

「ええ、ちょっと聞きましたが、傷はそうひどくないと……」

「問題は心の傷なんです！」

「はあ」

「これには色々事情がありまして。杉原さんは人生経験が豊富でいらっしゃると伺っています。ぜひご相談させて下さい」

「それは……」

「今日、六時には社に戻ります。ほんの十分、十五分でも、なんとかお話しさせていただけたら」

笹井の話し方には並々ならぬ熱意がこもっていた。これではそうすげなく断れない。

「分りました。じゃ、社に戻られたら連絡して下さい」

「ありがとう！　本当に感謝します」

「いえ、別にお話を――」

伺うだけですよ、と言いたかったが、切れてしまった。

一体何なの？　家庭の問題など持ち込まれたら、困ってしまうが……。

ため息をついていると、ケータイにかかって来たのは登録していない番号。

「――もしもし？」

と、用心しながら出ると、

「あ、爽香さん！　久しぶりです！」

と、やたら若そうな男の声。

「あの――」

「この度は、色々お世話になると思うんですけど、よろしく！　僕は今、凄く燃えてるんです！」

「あの……どなた？」

「あ、ごめん！　分んない？　僕、田端良久だよ」

田端社長の息子か！　分らなくて当然で、このところ会ったことがない。

「どうも失礼しました」

「いいんだ。ともかく爽香さんがついててくれたら安心だよ」

「ついてる、というと？」

「親父から聞いたよ。快く引き受けてくれたって」

あの何だかよく分らない演劇祭のことか！

「良久さん、お父様からの話だけではよく分らなくて——」

と言いかけると、

「うん。僕もそう思ってね、方々へ声をかけたんだ。そしたら、主なメンバーが、たまたま今夜だけ時間があるって分ってね。これって幸先がいいって感じでしょ？」

「それは……」

「今夜八時にね、Mホテルのバーに集まるんだ。親父がよく行ってるバーだから、知ってるでしょ？」

「私、そういう所には……」

「ともかく八時に来てね！　そこで話を決めちゃえば、後が楽だと思うんだ」

「あの——でも、良久さん、これはとても大変な仕事ですよ」

と、爽香は必死で良久の話に割り込もうとした。

何をどうするのか、全く知らない。集まったところで、何も決められないだろう。

しかし、良久は爽香の言うことなど聞いていないようで、そばにいる誰かに、

「それでいいんじゃない？　もう少し色を派手に——」

と言いかけて、「それじゃよろしく」

と、切ってしまった。

笹井が六時に帰社するとして、良久は八時にホテルのバーへ来いと言う。

「今日は残業できないわね」

と、ため息と共に、爽香は呟いたのだった……。


「様子はいかが？」

平然としている安東夕加の口調に、武原はムッとして、怒鳴りつけたくなるのを、何とか抑えた。

「今は結構現金を引出すのが大変なんだ」

と、武原は言った。「それも五百万となるとな」

「言い訳は聞きたくないわ」

「聞け。五百万揃えるには四、五日かかる。どうだ。今手もとに三百万ある。これなら今すぐでも渡せるぞ。三百万で手を打たないか？」

向うは少し黙った。武原は手応えを感じた。女は、おそらく現金を早く手にしたいはずだと思ったのだ。

少しして、

「──いいわ」

「良かった。お互い、それで忘れようじゃないか」

武原はホッとした。

「じゃ、今夜七時に」

「七時だな。どこで渡す？」

「物騒なことはなしよ。分ってるでしょうけど」

「分ってるとも。そっちのいい所で構わんよ」

「じゃ、〈ハッピークラブ〉で」

「何だ、それは？」

「知らないの？　若い子たちなら誰でも知ってるわ。ファッション街ね。今どきの若い女の子向け」

「どこにあるんだ？」

「〈ハッピークラブ〉ってネットで見ればすぐに分るわ。それじゃ七時に」

切れてしまった。

「むかつく奴だ！」

と、武原は吐き捨てるように、「包みを手に入れたら、ただじゃおかないぞ！」

今田が心配そうに武原を見ていた。

「ですが社長、ご自分で受け取りに行くんですか？」

そう訊かれて、武原の顔が歪《ゆが》んだ。

「そいつは考えなかった。お前、行け」

「え？　でも……」

「いやだっていうのか」

「いえ、そうじゃありませんが、もし、あの女が警察とつながってたら」

「何だと？」

「もし、刑事が見張ってたらどうします？　あのテーブルクロスと係ってると分っちまいますよ」

「そうか……。どうしてもっと早く言わないんだ！」

「いえ、それは……」

実のところ、今田はたった今思い付いたのだったが、そうは言えない。

「誰か他の者に。――それもうちの若いのじゃだめだな」

と、武原は考え込んでいたが、「おい、お前が惚《ほ》れてる女がいたな。何てったかな」

「女……。あの――純代のことですか」

「そうだ。代りに行かせろ。女なら目につかないだろう」

「ですが……純代はあの件のことは何も知りません」

「だからいいんだ。ただ金を持って行って、包みと交換する。中が何かなんて知る必要はない」

「分りました。でも急な話ですし——」

「何とかしろ！」

と、武原は怒鳴った。

そう言えば「何とかなる」という生き方をして来たのである。


「純代さん、大丈夫？」

と、友美は言った。

「何とかね……」

篠原純代は苦しそうに息をついた。「こんなに熱出したの、久しぶり」

「病院に行った方がいいですよ」

「ええ……。明日、熱がひかないようなら行くわ」

ひどい風邪で高熱を出した純代は、友美に電話してマンションに来てもらったのだ。

友美も、純代の役に立つと思えば嬉しくて、あれこれ世話を焼いていた。

「純代さん、スマホが」

「ああ、取ってくれる？——ありがとう」

純代はスマホに出ると、「どうしてここへかけて来たの？」

と言った。

「急な用なんだ」

と、今田が言った。「七時に行ってもらいたい所がある」

「無理よ」

「突然で悪いが、これは社長の用で、どうしても――」

「熱出して寝てるの。九度五分のね。起きてもフラフラで、歩くのもやっと」

「そいつは……」

と、今田は絶句して、「しかし――何とかならないか。簡単なことなんだ。人に封筒を届けて、代りに向うから包みを受け取ってくれればいい。それだけなんだ」

「やってあげたいのよ。でも今の状態じゃ、とても外出できない」

「参ったな……」

男の声は、友美にも聞こえていた。

「私、行きましょうか？」

「友美ちゃん――」

「簡単なお使いでしょ。私でもそれぐらいならできるわ」

「でも……。本当に？」

「ええ。七時にどこへ?」

「今田さん。代りに行ってくれるって女の子がいるわ。とてもしっかりした子だから、もしそれで良ければ」

向うは少し迷っている様子だったが、

「――分った。社長には連絡つかないしな。それじゃ頼む。これからそっちのマンションに封筒を持って行って、下から電話する。そしたら下りて来て、そのまま行ってくれ。七時なら間に合うだろう」

「どこへ行くの?」

「そうか。言い忘れてた。〈ハッピークラブ〉っていうんだ」

「〈ハッピークラブ〉?」

「分ります、そこなら」

と、友美が言った。

「じゃあよろしく頼むぜ」

今田がホッとしたように言って、通話を切った。

「――悪いわね、友美ちゃん」

「いいえ! 何も難しいことじゃないでしょ?」

「ええ。――大丈夫だと思うわよ」

と言ってから、「あんまり頭のいい人じゃないけど、人は悪くないのよ、今の男」

「純代さんの恋人？」

「恋人ってほどのもんじゃないけどね」

と、純代はちょっと笑った。

「あ、笑った。元気が出て来たんですね。良かった」

「じゃ、悪いけどお願いね」

「任せて下さい」

友美は実際、大したことではないと思っていた。電話があったら、いつでも出られるように、早速仕度をした。


「笹井さん？　もう六時を過ぎてますけど」

爽香は会社に残っていた。

笹井から連絡がないので、ケータイへかけたのである。

「すみません！」

笹井の声は、ずいぶん騒がしい場所から聞こえて来た。「訪問先でトラブルが。——もうすぐ出られると思うんですけど」

「それはちょっと……。私、後の予定が——」

「すみません！　もしもし？　できるだけ早く出ますから」

「あのね、七時を過ぎると私の方も――。もしもし？」

もう切れていた。

――爽香は困ってしまった。

八時にはMホテルのバーに行かなければならない。田端良久だって、かなり自分勝手だが、笹井の方も……。

仕方ない。七時を過ぎても笹井が戻らなければ、「また別の機会に」とメールしておいて出かけてしまおう。

いつもなら、助けてくれるあやめが、今日は一日出張している。

爽香は明男に、「遅くなるから、夕飯よろしく」と連絡しておいた。

本当なら、早目に帰宅して、三人で夕食を取れるはずだったのに……。

ケータイが鳴った。

「――高橋です」

あの刑事だ。「夜分にすみません」

「いえ、まだ会社です。何か？」

「例の写真の武原ですが」

あやめがこっそり撮った写真を、松下と高橋刑事に送ってあった。もちろん、高橋の方でも、すぐにそれが武原という男だと分ったのだが。

「その後、武原から何か言って来ましたか？」

「いいえ。問題の包みのことは——」

「武原が欲しがっているということは、何か大きな事件に係っているからかもしれません」

と、高橋は言った。「実は他の部署で、殺人事件に絡んで、武原の名前が出ていると分ったんです」

「そうですか……」

いい加減にしてよね！　——爽香は心の中で怒鳴った……。

11 引き換え

電話がかかって来たのは六時四十分だった。

「今、マンションのロビーにいる」

という今田の言葉に、

「すぐ行きます」

と、友美は答えて、純代へ、「じゃ、行って来ます」

「悪いわね、友美ちゃん」

熱を出している純代は、ベッドから手を振った。

友美はエレベーターで一階へ下りた。

ロビーに、何だか落ちつかない様子の男が立っていた。友美がエレベーターから降りると、チラッと見たが、また苛々と腕時計を見ている。

「あの……」

と、友美は声をかけた。「純代さんの代理ですけど」

——今田は、面食らった。

確かに、純代は「女の子」が代りに行くと言った。しかし、まさか本当に「子供」が来るとは思っていなかったのだ。

「お前……君は学生か？」

「高校一年ですけど」

「参ったな！　こんなことだとは……」

今田が焦っていると、

「大丈夫です。何か引き換えにもらってくればいいんでしょ？」

と、友美は明るく言った。

「それはそうだが……。分った、頼むよ」

今さらどうすることもできない。今田は三百万円の入った封筒を取り出して、

「じゃ、これで……。向うは待ってるから、すぐ分るだろう。女で、そう若くないと思う」

「お名前は……」

「安東という女だ」

「分りました。七時だと急がないと」

と、友美は言って、「じゃ、失礼します！」

と、小走りに行ってしまった。

「ああ……。頼んだぜ」

もう聞こえるはずがないのに、今田は呟くように言っていた。そして、またため息をつくと、

「大丈夫か……」

と、心細げに呟いた。

これでもし、安東という女から包みを受け取って来られなかったら、武原からどう言われるか……。

そうだ。ついて行って、様子を見ていよう。

そう思い付くと、今田は、

「おい待て！　俺も一緒に——」

と、マンションを出たが、友美の姿はもうどこにも見えなかった……。


〈ハッピークラブ〉は、いつも以上に混み合っていた。

ちょうど冬物のセールが始まる時期で、人出が多いのだろう。

そう若くない女の人？

いくら「若者向け」のショッピング街だといっても、中年の女性も少なくない。この

中から、どうやって捜し出そう？

友美はスマホを見た。――あと、二、三分で七時になる。

たぶん、向うも「お使いさん」を捜しているだろう。

買物でなく、人を捜していそうな女性を見付ければいいんだ。

そうは言っても、ともかく人が多くて、自分の周囲しか目に入らないのだ。

「二階だ」

一つ上のフロアに上ると、吹き抜けになっているので、下のフロアを見渡せるだろう。

友美はエスカレーターで二階へ上った。

二階も、もちろんいくつも店が並んでいるので、下に劣らず人は多い。

友美は、手すりに寄って、下のフロアを見渡した。――しかし、たった一人の女性を捜すのは容易でない。

その内、友美は自分と同じように、手すりから下を眺めている女性がいるのに気が付いた。――あまり若くはない、四十代というところだろう。

そして、手さげの紙袋を持って、明らかに下のフロアの誰かを捜している。

友美と同様、待ち合せた相手を見付けるのが大変なので、二階へ上って来たのではないか。――友美はその女性のそばへ歩いて行くと、

「あの――すみません」

と、声をかけた。

女はチラッと友美を見たが、返事もせずにまた下のフロアへ視線を戻した。

「安東さん――ですか？」

友美の言葉に、戸惑ったように振り向いて、

「安東だけど……」

「良かった！　今田さんのお使いで来ました。私、笹井友美といいます。本当は純代さんが頼まれたんですけど、風邪で熱があって起きられないものですから……」

安東夕加は、友美の話をろくに聞いていなかった。友美の腕をつかむと、幅の広い一階へ下りる階段の所へ引張って行って、

「あんたがお使い？」

「ええ……。ただ、これを渡して、代りに何かを受け取って来いと……」

友美が差し出した分厚い封筒を、安東夕加は引ったくるように取って、中を覗いた。

友美も、封筒の中身がお金だということは分っていた。

「あの――いただく物は」

「ああ、これよ」

と、手さげの袋ごと友美へ渡す。

「ありがとうございます。確かに今田さんに届けます」

袋は軽かった。中を覗くと、丸めてある布が見えた。

「——じゃ、これで」

と、友美は一礼して、目の前の階段を下り始めた。

階段を半分ほど下りたところで、友美は行く手を遮《さえぎ》られてしまった。

コートをはおった男二人が、目の前に立った。

「あの……」

「その荷物を渡せ」

と、男の一人が言った。

「でも、私……」

「痛い目にあいたいのか」

友美は焦った。——こんなこと、聞いてないよ！

確かに、あの今田って人はちょっと怪しげだったが、こんなに物騒なことになるのなら、自分で来ればいいんだわ。

しかし——ここはどうしよう？

すると、階段を上って来る「おばさん」たちの集団があった。にぎやかな話し声も笑い声も、豪快そのもの。

これだ！　友美はとっさに、

「やめて下さい！」

と、叫び声を上げた。「この人、痴漢です！　誰かお巡りさん、呼んで！」

「まあ、何ですって？」

「あんた、何したの？」

おばさんたちに詰め寄られて、男たちが焦った。

「馬鹿言うな！　そんなことしねえ！」

と怒鳴ると、

「まあ、馬鹿ですって！」

「ふざけんじゃないわよ！」
七、八人に取り囲まれてしまうと、男たちも相手が女性では乱暴するわけにもいかず、
「違うんだ！　おい、逃げるな！」

友美がその間に階段を駆け下りる。男たちが追いかけようとすると、

「あんたたち、逃げる気？」

と、コートの裾をつかむ。

「放せ！　こいつ！」

怒鳴り合っていると、他の客も何ごとかと寄って来る。

「誰か！　ガードマンを呼んで！」

「どけ！　邪魔だ！」

と、男たちはおばさんたちを押しのけて、階段を駆け下りた。

しかし——一人はコートを置いて行くしかなかった……。


「ああ、びっくりした！」

友美は〈ハッピークラブ〉を出ると、ちょうどやって来たタクシーを停めて、乗り込んだ。

追いかけて来ないかしら？　振り向いたが大丈夫そうだ。

ホッとして座席にかけると——。

ドアが開いて、男が乗り込んで来たのだ。

「あの——」

「おとなしくしていろよ」

と、その男は言って、友美の目の前に鋭く光ったナイフを突きつけた。

「おい、やれ」

タクシーといっても、友美を待ち構えていたらしい。

「心配するな。殺しやしないよ」

と、いやに愛想のいいその男は、却《かえ》って気味が悪かった。

「はい……」

「その袋をもらおう」

と、友美の手から紙袋を取り上げると、「ずいぶん若いな。その年齢で武原の身内なのか？」

「私……ただのお使いです」

「武原のところの『お使い』となったら、ただの、ってわけにゃいかないんだ。お前、いくつだ？」

「年齢ですか？　十五です。高校一年」

「武原はそういう趣味があったのか？　まあ、どうでもいい。ともかく、この品物さえもらえば……」

「じゃ、降ろして下さい」

「そうはいかない。分るだろ？」

分りません、と言いたかったが、ナイフの刃が目の前をチラついているので、友美も黙っているしかなかった。

すると、友美のスマホが鳴り出して、飛び上りそうになった。

「出たらどうだ」

と、男は言った。

「でも……」

「かかって来たのに、出ないってのは失礼だぜ。早く出ろよ」

「はい……」

友美はスマホを手にした。純代からだ！

「あの……もしもし」

「友美ちゃん！　大丈夫？　なかなか出ないからどうしたのかと思った。無事に済んだ？」

「ええと……頼まれた通りに交換したんですけど……」

「そう！　良かった！　ごめんなさいね、本当に。今田さんもここにいるわ」

「それが、今――」

「え？　今、どこなの？」

「車の中です。あの……隣に男の人が」

「男の人って誰？」

「知りません」

するとと、二人の話を聞いていた男が、

「この子は預かるよ」

と言った。

純代がびっくりして、

「誰なの？」

「例の物もいただいたよ。今田がそこにいるのなら訊いてみろ。たぶん分るさ」

「友美ちゃんをどうしたの？」

「武原の何なのか知らないけど、この子は取引に使わせてもらうよ。大丈夫。大事にするからね。それでは」

男は切ってしまった。

友美は、自分がどういう「取引」に使われるのか、見当もつかず、ただじっとしていることしかできなかった……。


「あ、社長、ここです」

と、爽香はちょっと手を上げて見せた。

ホテルのロビーに入って来た田端将夫は、爽香の方へやって来ると、

「どうかしたのか？」

と訊いた。「良久が何か――」

「一緒に来て下さい」

エレベーターでバーのフロアへと上りながら、爽香は良久に呼ばれたことを説明した。

「八時に、というお約束で」

と、爽香は言った。「私、十分前ぐらいにこちらに着きました」

エレベーターの扉が開く。

バーへ入って行くと、田端は常連なので、誰もが頭を下げる。

「奥の、一番広い個室を使われていて。ここの人から、『実は困っておりまして』と言われたんです」

「どうしたんだ？」

「ご自分の目でご覧下さい」

爽香は個室のドアを開けた。

ムッとするようなアルコールの匂い。田端はしばらく無言で立っていた。
十四、五人の男女が――一人残らず、酔い潰れて眠り込んでいた。
それも、ソファにちゃんと座っているのは三、四人しかいない。

床のカーペットに寝ている者、テーブルの上で仰向けになっている者……。

半裸の状態の女性もいた。酔って吐いたまま床に突っ伏しているのは、良久だった。

「――こちらの人の話では、『好きなだけ飲んでくれ！』と良久さんが最初におっしゃったそうで。私が来るまで二時間ほどの間に、もの凄い量のウイスキーやワインを
……」

「何てざまだ……」

と、田端は息をついた。

「具合が悪い人はないようです。酔っているだけで。それより社長……」

「何だ？」

「この匂い……。アルコールだけじゃありません」

田端は爽香を見て、

「まさか……」

「マリファナですよ。誰かが持ってたんでしょうね」

田端は愕然とした。

「――ホテルの方とは話をつける。すまないが、君……」

「部屋をいくつか借りて、そこで正常な状態になるまで置く方が」

「うん。そうしよう」

「医務室の人を呼びますか？」

「いや……。様子を見よう。その内、酔いが覚めるだろう」

爽香はそれ以上何も言わなかった。打ち合せどころではなかったということは、言わなくても田端にも分っているはずだ……。

12 絡まる糸

「それで遅刻ですか」

と、あやめが冷ややかに言った。

「好きで遅刻しやしないわよ」

爽香はお昼過ぎにやっと出勤して来たのである。

「社長の用なら、私用じゃないですね」

「まあね」

田端の息子、良久たちがホテルに泊ったので、出勤前にホテルに寄って、あれこれ相談しなければならなかったのだ。

田端にはホテル側も気をつかってくれているが、迷惑をかけたことは詫びなければならない。――バーの個室の清掃などの費用はちゃんと払うと言って来た。

良久たちは、たぶんひどい二日酔だろうが、ともかく正午までにホテルを出るように伝えた。さすがに、良久からも何も言って来ない。

自分の席に座って、爽香は、

「そういえば、笹井さんから何か言って来ない?」

と訊いた。

「今日はお休みらしいですよ」

と、あやめが言った。

「そう……」

昨夜、「話したいことがある」と言って来たのは何だったのだろう? 爽香は待っていられず、出てしまったが。

「ま、いいか」

何かあれば言って来るだろう。「仕事、仕事……」

田端も、ホテルの方を爽香に任せて、それきり何も言って来ない。

全く、面倒なことはこっちに回して……。

しかし、グチを言っている暇はなかった。

ケータイが鳴る。笹井からだ。

「——はい、杉原です」

「杉原さん! どうしたらいいのか分らないんです」

いきなりそう言われて、爽香は面食らった。

「笹井さん、落ちついて下さい」

と、わざとゆっくり話してみる。「何があったんですか？　私で何かお役に立つことがありそうなんですか？」

しばらく向うは黙っていた。爽香はちょっと苛ついて、

「笹井さん、私も色々仕事を抱えていて、忙しいんです」

「ええ。――ええ、もちろんそれはよく分ってるんです。それが緊急事態ということで……」

「何があったのか、おっしゃって下さいよ」

「それが――娘の友美が……」

と、声が震える。

「娘さんがどうしたんです？」

「誘拐されたんです！」

いきなり大変な事件の話だ。さすがに爽香はびっくりした。ことはデパートでの万引などとは大違いだ。

「一体どういうことですか？　ちゃんと順序立てて話して下さい」

「それが……私にもよく分らないんです」

「それって一体……」

「実は、以前、娘の友美の家庭教師に来てくれた方がいまして、篠原純代さんという方で、友美はこのところ、この人の所によく行っていたらしいんです」

「それで？」

「その篠原純代さんから連絡があって、何かお使いをするのに、ご当人が熱を出して寝込んでいたので、友美が代りに行ったそうなんですが、そこで——」

と、早口にしゃべり続けていた笹井の言葉が突然途切れた。

「何やってるのよ！」

と、奥さんらしい女性の声がして、電話に出ると、「失礼しました。何でもないんです。主人が少しノイローゼになっておりまして、妙なことを申し上げたかもしれませんけど、忘れて下さい」

「でも——奥様ですか？　娘さんが誘拐されたと——」

「そんなことないんです！　主人の言うことを信じないで下さい！」

と、やや感情的な尖《とが》った口調で言うと、

「ともかく、何もなかったんですから。お構いなく」

電話は切れてしまった。爽香は呆気《あっけ》に取られて、

「何、今の？　——聞こえてた？」

「ええ」

あやめが肯いて、「笹井さんはともかく本気で焦ってましたね」

「ねえ。誘拐なんて、ちょっとした勘違いで出て来る言葉じゃないでしょ」

たとえ笹井が何か思い違いをしていたとしても、全く何もなかったとは思えない。

「以前、家庭教師だったっていう人、篠原、だっけ？」

あやめがメモ用紙を渡した。〈しのはらすみよ〉としっかり書いてある。

「さすが」

と、爽香は言って、少し考えていたが、ケータイで発信した。


「すみません、忙しいのに」

と、爽香は言った。「他に相談できる人が思い付かなくて」

「俺はお前専属だからな」

と、松下が言った。「しかし、相談してくれて良かったぞ」

「何か分りました？」

二人はいつもの「安らぎの場」、〈ラ・ボエーム〉にいた。

「少し待て。もう一人来る」

「誰が？」

松下が答えるより早く、〈ラ・ボエーム〉に、何と高橋刑事が入って来たのだ。

「武原のことで、色々話している内、仲良くなってな」

と、松下は言った。「ここのコーヒーは旨いぞ」

「どうも」

高橋刑事は少し息を弾ませていた。

すぐにコーヒーが来て、高橋は一口飲むと、

「これは旨い！　いや、なかなか今どきこんな風にていねいにいれてくれる店はありませんね」

と、息をつく。

「それで、どうだった？」

と、松下が訊くと、

「〈篠原純代〉。この字を書きます」

と、高橋がメモを置く。

「武原とつながりが？」

「私は知らない名前でしたが、例の、殺人事件と武原の係りを当ってる者に訊いたら、どこかで聞いた名だと言って……」

高橋はメモに〈今田〉と書き加えて、「こいつは武原の一の子分と自称してますが、要は何でもやらされている男です。篠原純代はこの今田の恋人で」

「そういうことか」

「どうやら、篠原純代は本当に熱を出して寝込んでるようです。たぶん今田に何か頼まれたけど、大したことじゃないと思って、その女の子を代りに行かせたんじゃないでしょうか」

「笹井友美ちゃんはまだ高校一年生です」

と、爽香は言った。「小さな用だとしても、そんな子に使いを頼むなんて……」

「しかも誘拐されたとなると……」

と、高橋は言った。「ただのお使いだったとは思えませんね」

「笹井さんの所は色々大変なんです」

爽香は、笹井の息子が手首を切った件を説明した。「奥さんはこれ以上のトラブルを認めたくないような様子でした」

「笹井家の様子を見張らせましょう」

と、高橋は言った。

「誘拐といっても、身代金目当てじゃあるまい。その女の子がどういう用でお使いに行ったのか、だな」

と、松下が肯く。

「ややこしいですね！　私が拾った包みが関係してるんでしょうか？」

と、爽香は言った。

「もしそうでも、誘拐にお前は責任なんかないぞ」

「それは分ってますけど。でもやっぱり気になりますよ」

松下は高橋へ、

「そらな。こいつはいつもこうなんだ。自分のせいでもないことでも、人助けせずにいられない」

「物好きですよ、どうせ私は」

と、爽香がふてくされると、カウンターの中で増田がちょっと笑った。


「どこのどいつだ！」

と、武原はもう何度も同じことを言い続けていた。

「今のところさっぱり……」

と、伏目がちにしているのは、もちろん今田である。

「大体、そんな子供をやるとは……。何を考えてるんだ！」

しかし、あの場合、他にどうしようもなかったのだが、今田としてはそう口に出しては言えない。

武原は苛々と、居間の中を歩き回っていた。

「三百万出して、しかも包みは横盗りされる。踏んだりけったりだ」

今田は、武原をこれ以上怒らせたくなかった。純代が熱を出して寝込んでいたことは話した。そのせいで十五歳の女の子を代りに行かせるようになってしまったことも……。しかし、パニックになった純代が、女の子の父親に電話してしまったことは話していない。——もしそのせいで警察が係って来ることになったら、それこそ武原がどれだけ怒り狂うか……。

「——おい」

と、武原が言った。「その女の子は誰かの回し者だったんじゃないか？」

「そうじゃない……と思いますが……」

と、今田は口ごもった。

「調べてみろ。高校生たって、今どきの女の子は何を考えてるか分らん」

無茶だと思ったが、今田は、

「分りました」

と、答えておくことにした。

そのとき、呼び出しのチャイムが鳴った。今田が急いで出る。

モニター画面に、メガネをかけた女が映った。

「誰だ？」

「あの……照子《てるこ》です。夕ご飯の仕度を……」

それを聞いて、武原は、

「ああ、入れてやれ。夕飯を作りに来てるんだ。三日に一度だが」

オートロックを外すと、今田は、

「初めて見ました」

「こいつが旨い物をこしらえるんだ。もちろん、ここで食べない日もあるが、冷凍してあるので、他の日に食べる」

「――お邪魔します」

メガネをかけ、マフラーを首にきっちり巻いている。至って地味な、年齢のよく分らない女だった。

「では失礼して……」

照子という女はショッピングカート一杯に材料を買って来たようで、台所へ行ってすぐにエプロンを付け、働き始めた。

「社長」

と、今田は小声で、「あの女、もしかしてアユ子《こ》さんの所にいた……」

「そうだ。失業して、行く所が失くなったから、ここでお料理をさせて下さい、と頼んで来たんだ」

「何も知らないんですか、あのことを？」

「アユ子の所にも、週に一、二度しか来ていなかったからな。ただ、アユ子がいなくなったことしか知らん」

「そうですか……」

「アユ子は……いい女だったな」

と、武原はちょっとしみじみと、呟くように言った。

クラブにいた所を、武原が抜けさせた女だ。

汐見《しおみ》アユ子。——そう名のったが、本名かどうか知らない。

武原はひと目で気に入った。アユ子も、武原の誘いを拒まなかった。

アユ子は、武原の買ってやったマンションにのんびり暮し、掃除洗濯は週一くらいで照子が食事の仕度以外にも器用にこなした。

そしてアユ子は……。

だめになっていた武原に自信を取り戻させてくれた。いつもというわけにはいかないが、アユ子が相手だとうまく行く。——行かなくても、アユ子はそれでガッカリしない。

「私だってさ……」

と、アユ子はベッドの中で呟いた。「誰でもいいってわけじゃない。男なんて……信用できないものね。——もちろん、あなたは別よ」

無理をしていない女だった。わがままもぜいたくも、それまでの他の女よりずっと控え目だった。

私は施設育ちだから、とアユ子は言った。

やさしくしてくれれば、それで充分なのよ……。

そんな女は、武原にとって新鮮だった。

アユ子の所へ立ち寄るのが楽しみだったが、それも……。

それも……あの日までだ。

あの日……。

「旦那様」

という照子の声で我に返った。

「何だ？」

「お料理ですが、カラ揚げでいいですか？」

「ああ、任せるよ」

と、武原は言って、「おい今田、お前も照子の腕を味わって行け」

「はあ」

こういう命令なら気が楽だが、と今田は思った……。

13　過去の呼び声

「待って下さい」

爽香は、コーヒーを飲みかけた手を止めて言った。「今、『汐見』って言いました?」

「ええ」

高橋刑事は、ちょっと戸惑ったように、「言いましたが」

「その殺人事件の被害者、『汐見』っていう名なんですか?　この字で」

爽香はテーブルに指で〈汐見〉と書いた。

「そうです。〈汐見アユ子〉。お心当りがあるんですか?」

話を聞いていた松下が愉快そうに、

「やっぱり、お前は犯罪の神の申し子だな」

「そんな神様、いませんよ」

と、爽香は松下をにらんでから、「偶然でしょうけど、私、最近〈汐見〉って人と話したんです。病院で。――どういうわけか、私の名前をどこかでご覧になったらしくて、病院の中庭で……」

爽香は、入院していた汐見という老人から、かつて所長をつとめていた施設にいた女の子について聞かされた話をした。

「私は娘のお友達が盲腸の手術をしたので、お見舞に行ったのについて行ったんです」

と、爽香は続けた。「中庭をぶらついてるとき、看護師さんに『杉原爽香さん』と呼ばれて。――汐見さんはそれを聞いて……」

「例の三田村《みたむら》の書いた〈回想録〉を読んでたんだろう」

「たぶん、そんなことでしょうね。それで話を聞いて。〈汐見〉って、そうよくある姓でもないと思ったので」

「確かに」

と、高橋は肯いて、「いや、実は〈汐見アユ子〉は本名ではないようなんです。クラブで働いているとき、そう名のっていたそうですが、身許がはっきりしていなかったらしく」

「その年寄りの娘かな？」

「それは調べれば分るでしょうね。もし娘でなくても――」

と、爽香は少し考えて、「その施設にいたことがあるのかもしれません。本当の名前でなく、所長さんだった汐見さんの名を借りたとか」

「調べてみましょう。その病院に連絡して、汐見という人から話を伺えれば……」

「かなり具合が悪そうでしたけどね」

と、爽香は言った。「その汐見アユ子さんと武原とは……」

「武原がクラブで彼女と会って気に入ったようで、マンションに住まわせていたそうです。もうクラブも辞めて、愛人生活を送っていたということでした」

「武原には奥さんが？」

「病気がちで、入退院をくり返しているとかで、もうずっと前から一緒に暮してはいないそうです」

と、高橋は言った。

「その女が殺されたっていうのは……」

と、松下が言った。「武原がやったのか」

「死体は、彼女が使っていた小型車の中で見付かりました。何か所も刺されていて、かなり出血したはずですが、車内にはほとんど血痕はなかったと」

「当然、女のマンションも調べたんだろうな」

「ですがはっきりした証拠は見付からなかったそうです。もちろん武原が疑われましたが、事件のあった日の前後三日間は、北九州《きたきゆうしゆう》で会合があり、出席していました。かなり大規模な組織の集まりだったので、現地の警察が張りついていたとのことで」

「アリバイがあった、っていうことですね」

と、爽香は言った。「都合が良過ぎる気もしますけど」

「同感だな。その今田とかいう子分にやらせたってことはないのか」

「もちろん調べています。ただ、今のところ何も出て来ないと」

高橋はその事件の担当ではないのだから、爽香がとやかくは言えない。

「その汐見さんという方の入院している病院を教えて下さい。問い合せてみます」

爽香から病院の名前を聞いて、高橋はスマホを手に席を移った。

「――その誘拐騒ぎをどうするつもりだ」

と、松下が訊く。

「笹井さんは同僚ですから。何か力になれることがあれば……。でも、本当は警察の人が笹井さんのお宅に行って、直接訊いてくれるといいんですけど。ただ、あの母親の剣幕じゃ、素直に話してくれるかどうか。少し様子を見た方がいいかもしれません」

「お前も何かと大変だな」

松下が、ちょっと首を振って言った。

高橋が戻って来ると、

「汐見忠士さんは亡くなっていました」

と言った。

「そうですか」

あのときの様子を思えば、意外ではなかった。爽香はチラッと腕時計を見て、

「すみません。仕事の打合せが」

「ああ、もちろんどうぞ。後はこちらで当ってみます」

と、高橋が言った。「汐見さんのいた施設、それと――」

「篠原純代さんにも会った方が」

と、爽香は言って、「増田さん、後で払うから」

「ええ、いつでも」

「失礼します」

爽香はせかせかと〈ラ・ボエーム〉を出て行った。

「本業もお忙しいんでしょうに」

と、高橋が言うと、松下は、

「どういうわけか、他人のトラブルに巻き込まれるんだ、あいつは」

と肯いて見せて、「全く、よくあの年齢まで生きて来られたもんだ」

爽香のクシャミが聞こえて来るようだった……。


自分の席に戻って、パソコンを立ち上げていた爽香のそばにあやめがやって来ると、

小声で言った。

「笹井さんが出て来てます」

「まあ。いつ？」

「午後からみたいです。でも何だかボーッとしてて、仕事にならないって人事の子が」

「話してみましょ」

「私が第一応接室に連れて行きます」

と、あやめは言った。
五、六分して、爽香は第一応接室に入って行った。笹井がソファにぼんやりした様子で座っている。
「笹井さん」

と、声をかけるまで、爽香が入って来たのにも気付かない様子だった。

「どうも……」

と、弱々しい声で、「お騒がせして……」

「それはいいんですけど、大丈夫なんですか？　お嬢さんが誘拐されたとかおっしゃったけど」

「それは……。家内に叱られました。友美はその——ただ家出しただけで、たぶん男の子と。それを誘拐と勘違いして……」

「本当にそうなんですか？　奥さんがどうおっしゃってるか知りませんけど、もしも友美さんが無理に連れ去られたんだとしたら、放っておいたらとんでもないことになりますよ」

「はあ……。でもあの子は……」

笹井はぐったりとソファに身を委ねて、「不良だと言われて……。学校もよくサボってますし。でも……そんなに悪い子じゃないんです。家内は、父親は娘に甘いんだと言いますけど、それだけじゃありません。あの子はとてもやさしい、思いやりのある子なんです……」

笹井は大粒の涙をこぼしていたが、自分では泣いていることに気付いていないようだった。

「奥さんは、息子さんのことを第一に考えてらっしゃるんですね」

「ええ、ええ。そうなんですよ！　あいつにとっちゃ、和也だけが子供で……。優等生の息子が、家内の誇りだったんです」

「それは息子さんにとって、重荷だったんじゃないんですか？　まだ中学生じゃありませんか」

「和也は、家内だけのものです。私には口を出させません」

「でも、それでは——」

と言いかけて、爽香は思い直すと、「ともかく、今は友美さんのことを考えましょう。今どこにいるのか、分らないんですね？」

「ええ。それなのに、家内はさっぱり心配しない……」

爽香のケータイが鳴った。

「失礼。——誰かしら？」

「すみません」

と、笹井が言った。

「え？」

「杉原さんの番号を教えたので……」

「あの——もしもし？」

「杉原爽香さんですか」

と、女性の少しかすれた声。

「そうですが、そちらは？」

「私、篠原純代といいます」

「あ……。笹井友美さんの家庭教師だったとか」

「そうなんです。友美ちゃんは、私のこと、すっかり信用してくれていて……」

「篠原さん、もうご体調は？」

と、爽香は言った。

「え？」

「ひどい風邪だったと聞いていたので」

「あ……。ええ、もう熱は下りました」

「良かったですね。それで、友美さんがいなくなった事情を伺わせてもらえますか？」

「それが……」

純代は、今田から頼まれて、何か荷物を受け取りに行くのを、風邪のせいで友美に代ってもらったことを話した。

そして誰かが車で友美を連れ去ったらしいこと。

「それが誰なのか、見当はつかないんですか？」

「その男は今田が分ってると言ってましたが、今田に訊いても『知らない』と言って、あわてて出て行きました」

「本当は知っている？」

「ええ。たぶん……。でも私は詳しい事情を知らないので」

私もですよ、と爽香は心の中で呟いた。

「今田という人は、武原の子分ということですね。武原は私に会いに来て、包みを渡せと言いました。私には何のことか分りませんでしたが。その包みを、友美さんは受け取りに行ったんでしょうか」

「そうだと思います。何か他人の手に入るとまずい物だったんでしょう。今田が真青になってましたから」

「私も一度その包みを手にしましたが、柔らかくて軽く、カーテンとかテーブルクロスのようなものかと思いました。それが何なのか、心当りは？」

「さっぱりです。あの――本当に申し訳ないと思ってます。友美ちゃんは私を信じてくれていたのに……」

純代は涙声になっていた。

「落ちついて下さい。ともかく、今田から何が起っているのか、訊き出すことです。それはお願いできますか？」

「何とか……やってみます」

と、純代は心細げな声を出して、「私――今田と知り合ったころは、武原のことも全く知らなかったんです。どんな人か知ってたら、付合ったりしなかったのに……」

「篠原さん」

と、爽香は少し厳しい口調になって、「友美ちゃんに何をさせてたんですか？」

「え……」

「友美ちゃんはあなたを信じていた。でも、あなたは、何の目的もなしに、友美ちゃんに近付いたわけではないでしょう？」

「それは……」

「いいですか、何か犯罪が絡んでるとしたら、今の内に抜け出すことです。友美ちゃんの身に何かあったら、あなたも罪に問われるんですよ」

向うはしばらく沈黙した。

たまりかねた笹井が、呼びかけるように、

「先生！　友美を助けて下さい！」

「笹井さん……」

そのとき、爽香はふと思い付いて、

「篠原さん、武原の奥さんをご存じですか？」

と訊いた。

「いえ、直接は……。病院に入ってらっしゃると今田から聞いたことが……」

「どこの病院か分りますか？」

「確かT医大病院だったと思います」

「そうですか」

「チーフ、何か……」

「武原のことを訊いてみたいの。どんな夫なのか、そして、どういう仕事に手を出しているのか」

と、爽香は言った。

「調べてみましょう」

と、あやめが言った。

「お願い。――笹井さん、友美ちゃんを無事に取り戻すのが目的ですね」

「もちろんです」

と、笹井は即座に肯いた。

もう泣いてはいない。

「奥さんと正面切って争う覚悟もして下さい。友美ちゃんを救い出すためです」

爽香は真直ぐに笹井を見つめて言った。

「あなたも覚悟して下さい。今田が誘拐に係っていたら、純代に、あなたも罪に問われるかもしれません。でも、誘拐の共犯になるよりいいでしょ」

「はい……」

「では、何か分ったら、いつでも電話を」

と言って切ると、「あやめちゃん、私、外出するから」

「どこへ――」

「武原の奥さんのお見舞に」

「え？　今すぐですか？」

「私のことが耳に入らない内に、奇襲するのよ！」

と、爽香は言った。「あやめちゃんも行く？」

あやめはため息をついて、

「行かないわけには……」

と呟いた。

14 隠れた宝

「武原のことを知るには、奥さんに訊くのが早道」

と、爽香は言った。「どんなことでもいい。武原のくせや嫌いな食べもの、女ぐせが悪いのかどうか」

「やっぱり武原が汐見アユ子を殺したんですかね」

「それだって、奥さんなら分るかもしれない。——ここね」

爽香とあやめは地下鉄でT医大病院へやって来た。

今は入院患者についても、病院は容易に明かしてくれない。

爽香は、他の事件絡みで親しくなった病院長から、T医大の知人に連絡を入れてもらっていた。

「武原恭子《きようこ》様ですね」

特別病棟では、対応もていねいである。「では、こちらにお名前と電話番号を」

特に〈面会謝絶〉というわけでもないらしい。

「右手の三つめの病室です」

「どうも」

あやめはフルーツゼリーの箱をさげていた。何も持たずに「お見舞」というわけにもいくまい。病室のドアを軽くノックすると、

「どうぞ」

と、すぐに返答があった。

「失礼します」

二人は中へ入った。――個室といっても、ベッドだけではなく、ソファセットに、シャワー、トイレも付いている。

おそらく雲隠れする政治家などは、こういう病室で「血圧が高い」という重病で入院するのだろう。

武原の妻は、ベッドを半ば起して、雑誌を見ているようだったが、爽香たちの方へ顔を向け、雑誌を閉じた。

「初めてお目にかかります。杉原爽香と申します。武原恭子さんで――」

「杉原爽香？」

と、病人はメガネを外すと、「あなたが」

「私の名前を――」

「主人がこぼしてたの。『杉原爽香って生意気な女がいて』ってね」

「そうですか」

「めったにここへは来ないのに、わざわざ来てグチを言って帰ったの。どんな人だろうって思ってた。まあ、こんなに可愛い人なのね！」

恭子は明らかに面白がっていた。

「ご主人とは一度お目にかかっただけですが……」

「感じ悪かったでしょ？　人に嫌われる天才って呼んでるの」

「はあ……」

「あなたいくつ？」

「五十一です」

「あら！　私と同い年？　見えないわね」

確かに、髪がほぼ白くなっている恭子は、ずいぶん老けて見える。

「こういう顔ですので。奥様も髪を染められたらずいぶん若く……。すみません、お疲れのところ」

「いいのよ。どうせ時間を持て余してる。主人をそんなに苛つかせた人に会えて楽しいわ」

「恐縮ですが、あまり楽しいお話をしに来たわけではないのです」

爽香はベッドのそばの椅子にかけると、「今、武原さんは何か犯罪に係って、微妙な立場におられます。問題は十五歳の女の子の誘拐に係っておられることです」

「主人が？　女の子を誘拐した？」

「いえ、ご主人が、というわけではないのです。ただ、その女の子が――」

「あの人に、そんな趣味はないと思うけど」

と、恭子は眉をひそめて、「あ、ちょっと、あなた」

と、少し離れて立っていたあやめに声をかけた。

「はあ」

「そこの戸棚にグラスが入ってるでしょ。冷蔵庫にアイスコーヒーが入ってるから、出してあげて」

「分りました」

「おいしいコーヒーなのよ！　アイスって時季じゃないけど、飲んでみて。ここへ来た人には必ず出してるの」

「恐れ入ります。じゃ、あやめちゃんもいただいたら？」

「あなたの部下？　優秀そうね。主人の下にはろくなのがいない」

と、恭子は首を振って、「あなた、子供はいる？」

「はあ。女の子が一人」

「じゃ、もうお嫁に行ったの?」

「いえ、うちは遅かったので、今度高校生になるところです」

「まあ、それじゃ可愛いわね! 私も女の子が欲しかったわ」

「そうですか」

少し間があって、恭子は、

「杉原さんは探偵顔負けの勘の良さですってね」

と言った。「分ってるわ。息子のことで来たのね」

息子? ——爽香は意外そうな様子はおくびにも出さず、

「息子さんが何か係っているとお考えなんですね」

と、分っているような口調で言った。

「あの子もねえ……。悪い子じゃないのよ」

「ええ、そう思います。でも、人間は育った環境というものが——」

「そうなのよ! 武原みたいな父親じゃね。周囲の連中もろくなのが……」

と、くり返して、「そりゃあやさしい子なのよ、勝人《かつと》は。ここへも十日に一度——いえ週に一度は顔を出してくれて」

「最近もおいでになりましたか?」

「いえ……。そうね、半月ぐらい前かしら。このところ、ちょっと来てないわね。連絡してみるんだけど……」

そう言いかけて、恭子は、「ね、もしかして勝人がその女の子を誘拐したの？」

「それはまだ何とも」

と、爽香は言った。「勝人さんの疑いを晴らすためにも、一度お会いできないでしょうか。ご主人にはお願いしにくいので」

「あの人はだめよ。面倒なことには係りたくない人なの。そんな、女の子を誘拐するなんて、考えないと思うわ。だって身代金なんかあてにしなくても、充分お金があるし」

「そうですね。勝人さんは今どちらに？」

「さあ……。風来坊でね。でも、お金はあるから、どこか好きな所に……」

恭子は話している内に、眠くなったのか、疲れた様子で欠伸《あくび》をした。

「奥様、お疲れでいらっしゃいますね。お騒がせして申し訳ありません」

「いいえ。あなたに会えて良かったわ。何なら、勝人に電話してみて下さい。構わないから。私から聞いたと言って……」

爽香は、恭子のスマホを見て、〈勝人〉のケータイ番号を登録すると、

「お邪魔しました」

と、立ち上った。

「また来てね。あなたとゆっくり話したいわ……。今度はおいしいアイスコーヒーを

「……」

爽香たちが病室を出るより早く、恭子は眠ってしまっていた。

「――驚きましたね」

病室を出ると、あやめが言った。

「武原の息子の話ね。もしかすると、とても凄いことを聞いたのかもしれない」

と、爽香は大きく息をついて、「早速、勝人って息子のことを調べてもらいましょう」

「それにしても……。こちらが何も訊いてないのに、向うからしゃべってくれて」

「入院生活が退屈なんだわ。話し相手がほしくて仕方ないのよ。だから、自分からあれこれしゃべってしまう」

「息子が何か係ってるんでしょうか」

「そんな気がするわ。あの母親にとっちゃ、大事な宝物なんでしょうけど、内心では何かとんでもないことをやらかすかもしれないって不安なのよ。だから、それを否定してほしくて、私に話したんだわ」

「勝人に電話してみます？」

爽香は少し考えて、

「松下さんに調べてもらってからにしましょう。何か見通しが立ってから問い詰めた方がいい」

「そうですね」

「やれやれだわ。仕事がどんどんたまって行く」

爽香はため息をついた。「でも——」

「何ですか？」

「あのアイスコーヒー、確かにおいしかったわね」


あれ？　あの女……。

今田は、スーパーのレジに並んでいた。

ちょっとした「顔役」（と本人が思っているだけだが）でも、スーパーで買物することはあるのである。

一応、ちゃんと店内用のカゴに入れているのは、チョコレートのお菓子だった。今田はチョコレートに目がない。

しかし、少し不満だった。いつも買っているこの袋入りのチョコレートクッキーが、このところ明らかに中身が減っていたからである。

値上げしない代りに中身を減らす。これじゃ事実上の値上げじゃねえか！

今田は大方の主婦の気持が分った。

そして、レジに並んだのだが――。

三人前に並んでいる女に見覚えがあった。あれは確か……。

今田は列から抜けると、その女のそばへ行って、

「やっぱり、そうか」

と言った。「お前じゃないかと思ったんだ」

女は今田を見ると、

「ああ……。武原さんのところで」

と、大して関心なさそうに言った。

「そうだ。照子っていうんだっけ？」

「そうです」

「いや、料理の腕は大したもんだな。えらく旨かったぜ」

「それはどうも」

と、小さく肯くと、「お買物ですか」

「うん。俺はこいつが大好きでな」

「それだけ買われるんですか？　一緒に買いましょうか。並ぶの、手間でしょ」

と、照子は言った。

「そうか？　じゃ頼む。ちゃんと払うからな」

今田はチョコレートクッキーの袋を、照子の、カゴ一杯に食材の入っている中へ入れた。

会計を終えて出て来た照子が、

「どうぞ」

と、今田の分を渡して、「二百五十円くらいでしたね」

「ああ。三百円出しとく。これでいいだろ」

「でも、おつりが――」

「いいさ。重そうだな。持とうか」

成り行きというものか、いつもならこんなことはしないのだが、今田はずっしり重いレジ袋をさげて、スーパーを出ることになった。

「この辺に住んでるのか」

と、歩きながら訊く。

「五、六分のアパートです」

「じゃ、持ってってやる」

「すみません」

照子は、ちょっとふしぎそうに今田を見て、それでも並んで歩き出した。

「どこで料理を覚えたんだ？」

「色々なお店で働いてる内に、何となく……」

「あの腕なら、ちゃんとした店で通用するだろう」

「大げさですよ」

照子が初めて笑った。「今田さん――でしたっけ」

「ああ」

「面白い方ですね。武原さんの所に出入りしてる人って、もっと怖いかと思ってました」

「別にヤクザってわけじゃないぜ。――まあ、近いけどな」

それを聞いて、照子は声を上げて笑った。――ちょっとムッとした今田だったが、結局自分も笑ってしまった。

「もうすぐそこですから」

と、照子は買物の袋を受け取って、「ありがとうございました」

「いや……。お前、一人なのか」

「え？」

「誰か――男と暮してるのか」

「一人住いです。一向に男運がなくて」

「そうかな？」

「今田さん、ひどいですよ。『もったいない』くらい言ってくれても」

「あ、そうか」

二人は何となく足を止めていたが――。

「寄って行かれます？　コーヒーでもいれますよ」

と、照子が言った。

「いいのか？」

「コーヒーもおいしくいれられるんです。確かめて下さい」

「うん。それじゃ……」

「古ぼけたアパートですけど」

と、照子が歩き出すと、今田もちょっと照れたような表情でついて行った。

15 予兆

伴奏のピアノが、やさしいメロディを奏でて一旦止った。

石川美沙子が息を吸って歌い出した。

「ヴォイケ、サペーテ、ケーコゼイアモール……ドンネ、ヴェデーテ、シイオロネルコール……」

いいよ、美沙子！　――瞳は心の中で言った。初めの音はちょっとフラついてたけど、すぐ立ち直った。

そうそう。声につやが乗ってる。その調子！

〈フィガロの結婚〉のオーディションは大詰だった。

バルバリーナの〈失くしてしまったわ、どうしよう〉は瞳の歌だが、早々にオーディションは終っていた。バルバリーナは小さな役だし、歌うのはこれ一曲だけ。

むろん、他にもオーディションを受ける子はいて、結果発表はまだだ。

ケルビーノを歌う美沙子。この後も、スザンナ、フィガロ、伯爵、伯爵夫人と主な役が続く。

しかし、メゾの歌う大きな役はケルビーノだけで、しかも今歌っている〈恋とはどんなものかしら〉は広く知られる名曲である。

美沙子、頑張れ！　客席の隅の方で聞いていた瞳は、固く両手を握りしめていた。

――終った。美沙子がホッとした表情で一礼する。

瞳は、選考している面々が肯き合って、美沙子の歌を買っているらしいのを見て取った。

「石川美沙子君だね」

と、審査員の一人が声をかけた。

「はい、そうです」

と、美沙子が答える。

「一幕の〈自分で自分が分らない〉は歌える？」

やった！　――瞳は心の中で叫んだ。

課題と言われていたのは今の一曲だけだが、ケルビーノにはもう一曲〈自分で自分が分らない〉という、思春期の少年が女性に胸ときめくのをコントロールできない不安を歌ったナンバーがある。

「もしかしたら、その場で歌わされるかも」

と、瞳が言って、念のために二人で稽古《けいこ》しておいたのだ。

「はい、一応……」

と、美沙子が言った。

「じゃ、歌ってみて」

伴奏ピアニストが譜面を取って来た。

美沙子は深呼吸して、背筋を伸した。


「もしもし、爽香おばちゃん？」

瞳がこんな風に呼びかけてくるのは、嬉しいことがあったときだと爽香にも分っている。

「おめでとう。オーディション、受かったのね」

と、先回りして言った。

「ええ！　私は四公演の内、一つだけだけど、美沙子は二公演でケルビーノを歌うのよ。凄いわ！」

声が弾んでいる。

「良かったわね。瞳ちゃんと石川さんは一緒に出るの？」

「ええ、同じ公演に」

「じゃ、何があっても見に行くわ」

――今日、爽香はほとんど一日席にいて、パソコンに向っていた。人との打ち合せもネットですませて、ときどき、思い切り大きな欠伸をしていたのである。

そこへ――瞳からの電話。

ホッと体をほぐしてくれるニュースだった。特に、瞳は自分と間違えられて石川美沙子が刺されたことを、ずっと気にしている。

美沙子が大役を手にしたことが、何より嬉しいのだろう。そう感じることのできる瞳を、爽香は誇りに思った。

お祝の食事をしましょう、と約束して切ると、すぐに松下からかかって来た。

「どうも。――何か分りましたか」

爽香は、武原の息子、勝人について、調べてもらっていた。

「妙なんだ」

と、松下は言った。

「というと？」

「武原に、確かに勝人という息子はいる。しかし、どこでどうしているのか、さっぱりつかめない」

「でも——母親の見舞に……」

と、爽香は言いかけて、「母親の願望ですか」

見舞に来てほしい、という思いから、いつの間にか本当に来てくれたように思い込んでいるのか。

「しかし、お前、勝人って奴のケータイ番号を」

「ええ、聞いてます。ただ、かけて何と言えばいいのか、迷ってるんです」

「分っているのは、勝人が今二十四歳で、高校生のころから、ほとんど学校へは行っていないということだ」

「父親が行かせなかったんでしょうか」

「そうかもしれん。ともかく、小さいころの勝人を知っていたという男に聞いたが、母親べったりで、母親の方も、息子命という関係だったらしい」

「それは分りました」

と、爽香は言って、「松下さん、ちょっと考えたんですが……」

「うん、何だ？」

「もし、本当に勝人のケータイにかけてつながるとしたら、母親が会いたがっている、と言って、病院へ来させたらどうでしょう」

「なるほど。電話で話すより、じかに会った方が状況が分るかもしれないな」

「病院からということにして、電話してみます。騙《だま》すわけじゃありませんが、そこはうまく話をして」

「分った。うまく行けば病院で会えるな。そのときは俺も一緒に会うようにする」

「よろしくお願いします」

と、爽香は少し安堵して言った。「連絡がついたら、すぐにご報告しますから」

――とは言ったものの……。

武原勝人のことは全く知らないわけで、どう話したものか。

考え込んでばかりいても仕方ない。――爽香はともかく武原恭子から聞いた番号へかけてみることにした。

「あやめちゃん、ちょっと」

席でかけるわけにはいかない。あやめと二人、空いている応接室に入った。

「録音しておきましょう」

と、あやめが言った。「スピーカーモードにして下さい。聞いていますから」

「お願い。よく耳を澄ましてね」

爽香は、登録した番号にかけた。

しばらく呼出音がしていて、

「出ないわね」

と、爽香が言ったときだった。

向うが出た。しかし、

「もしもし」

と、聞こえて来たのは、弱々しい女の子らしい声だった。

「もしもし？　あの――」

と、爽香が言いかけると、

「助けて下さい！」

と、その震える声が言った。

爽香は面食らったが、

「あなたは？」

と訊いた。

「私、笹井友美といいます」

爽香とあやめは顔を見合せた。

「もしもし！　友美さん、私、お父さんの同僚の杉原爽香よ。今、どこにいるの？」

「え……。杉原さんですか？　私、どこかよく分らない所に――」

「この電話をどこで？」

「引出しの中で鳴ってたんです。誰のケータイか分らないけど……」

「お父さんが心配してる。今は無事なの？」

「ええ。でも——閉じこめられて、心細くて……」

「しっかりして。誰かが見張ってる？」

「部屋の外に誰か——。でも今はいないみたいです」

あやめが爽香へ、

「気付かれない内に切った方が」

と言った。「そのケータイの場所は調べられますよ」

「そうね。友美さん、ケータイを使ったと気付かれないように戻して。急いでその場所を突き止める」

「はい！　分りました」

友美の声は、やっと元気さを取り戻していた。

それにしても、なぜ武原勝人のケータイが、そんな所に？　勝人が友美の誘拐に係っているということなのだろうか。

ともかく今は——。爽香は高橋刑事に即座に連絡を入れた。

玄関のドアの開く音で、篠原純代は飛び上るほどびっくりした。

思わず、

「友美ちゃん？」

と、大声で言って、玄関へと駆けて行ったが――。

「どこに行ってたのよ！」

と、純代は玄関へ入って来た今田に向って叩きつけるように言った。

「そんなにガミガミ言うな」

今田は渋い顔で上って来ると、「あの女の子のことなら知らないよ」

「そんな無責任な」

「おい、待てよ。熱があると言って、あんな子供を代りに寄こしたのはお前じゃないか」

「だって、あなたが言ったんじゃないの。簡単な仕事だって」

「そう思ってたんだ！」

と、今田は怒鳴った。

しかし、そうして苛立っているところを見せたのは、自分でも「まずかった」と思っているからだ。――純代にも、それはよく分った。

「ねえ、聞いてよ」

と、純代は少し穏やかな口調になって言った。「あの子はまだ十五歳よ。どこの誰とも知れない連中に連れ去られて、どんな目にあってるかもしれない。――お願いよ、知ってるのなら教えて。何なら私が友美ちゃんの代りになってもいい」

ソファに座った今田は、じっと自分を見つめる純代の目の真剣さに圧倒されていた。

「たぶん……浜野《はまの》って男だ」

と、今田は言った。「以前、俺と同じ武原さんの下で働いてた」

「浜野？　その男がどうして……」

「武原さんにお払い箱にされたんだ。——本当のところは、武原さん自身の失敗だったが、八つ当りで、浜野に『出てけ！』とやってしまった」

と、今田は言った。「浜野は相当恨んでたはずだ。それで……」

「それで——何をしようと？　あの『包み』っていうのが関係してるの？」

と、純代は訊いた。

今田は少しためらって、

「それ以上は知らない方がいい」

と言った。

「だって、それじゃ何も分らないじゃないの」

と、純代は今田の方へ詰め寄った。

「いや、何とかする。俺だって詳しいことは知らない。ただ——アユ子が死んで……」

「アユ子？　いつか話してたわね。武原さんの彼女でしょ？」

「ああ。武原さんも、アユ子が相手だとうまく行く。他の女じゃだめだったんだ」

「武原さんが？」

「これは内緒だ！　絶対秘密にしてくれ。頼むぜ」

今田の必死な様子に、純代は呆れてしまった。

「そんなことより……。アユ子さんって、死んだって言った？」

「うん。そうなんだ。——殺されたんだよ」

「まさか武原さんが——」

「違う。そうじゃない。ただ……」

「何よ？　そこまで話しておいて、やめないでよ」

純代は今田の腕をつかんで揺さぶった。

「よせ！　痛いじゃないか！」

「ちゃんと話して！」

「しかし、これには色々微妙な——」

と、今田が言いかけたとき、純代のスマホが鳴った。

「誰かしら？　——もしもし」

と出てみると、

「純代さん！」

と、明るい声が伝わって来た。

「友美ちゃん？　どうしたの？　大丈夫なの？」

「ええ。警察の人が助けに来てくれて」

「良かった！　良かったわね！」

純代は飛びはねんばかりだった。「けがはない？　ごめんね。私の代りにお使いに行ったばっかりに」

「でも、まさかあんなことに……。どういうことだったのか、まだよく分らないんですけど」

「ともかく、無事で良かった！」

純代は涙を拭った。

すると、向うが替って、

「杉原爽香です。偶然のことで、友美さんが見付かったんですが、彼女が受け取りに行った包みについて、今田という人の話を聞きたいんです」

「分りました。今田はちょうど――」

と言いかけた純代は、今田がいつの間にか居間を出て行ったのを見て、「ちょっと！　どこにいるの！」

と怒鳴った。

玄関のドアが閉る音がした。

16　通　知

「ありがとうございました！」

笹井が涙ぐんで、「生きた心地がしませんでした」

「良かったですね」

と、爽香は言った。「たまたま、ついていたということですよ。ただ――一体これがどういうことなのか、よく分らないんですけどね」

――爽香は会議を控えていた。

本業がある。笹井友美を発見できたことでホッとしてはいたが、本来の仕事を放り出してはいられない。

「友美さんは、ちゃんと高橋刑事さんが保護してくれていますから」

「はい！　つい今しがた連絡が……」

「事情が分ったら、またお話ししましょう」

と、爽香は言って、あやめたち、グループのメンバーの待つ会議室へと急いだが、途

中、振り向くと、

「奥様にちゃんと知らせて下さいね」

と、声をかけた。

「はい！　もちろん」

廊下で、爽香の後ろ姿に向って頭を下げていた笹井は、涙を拭うと、スマホを取り出した。

「――もしもし」

「おい、友美が無事に戻ったぞ」

と、笹井は言った。「監禁されていた所を探り当ててくれたんだ。誘拐した犯人はまだ捕まっていないがな。ともかく、友美はもう安全だ」

一気に話してから、

「――もしもし？　詩子、聞いてるか？」

「ええ」

ポツリと呟くような妻の声に、笹井は当惑した。

「おい、分ってるのか？」

しかし、聞こえて来たのは、妻の、すすり泣いているとしか思えない音だった。

「詩子。どうしたんだ？」

友美が無事と知って、嬉しくて泣いているのか、とも思ったが、どうもそうでもないらしい。すると、

「終りよ」

という言葉が聞こえた。

「何だって？」

「もう……終りよ」

と、詩子は呻くように言った。「学校に……知れたの……。和也のことが……」

「じゃ、デパートでのことが……」

「学校から呼び出しが来たわ。明日、両親と来いって」

「そうか。しかし……」

「和也は入院してると説明したわ。お医者様も、まだ無理だとおっしゃってると言って。――でも、私たちは、二人で行かないと」

「そうだな。分った。明日だな」

と、笹井は息をついて、「しかし、よくあることだろう。謝罪して、二度とこんなことは――」

「どうして何もしてくれなかったのよ！」

と、詩子が叫ぶように言った。「ちゃんとデパートに手を回しておいてくれたら……」

「おい……。落ちつけ。友美のこともあって、それどころじゃなかったろう？　ともかく友美は無事に戻ったんだ」

「あの子は勝手にグレただけじゃないの」

「何を言ってる！　誘拐されて、もしかしたらとんでもないことになってたかもしれないんだぞ」

「あの子のことはあなたに任せるわ。でも和也は……」

「ともかく、今夜ゆっくり話そう。いいな」

「手遅れよ」

と、詩子は投げ出すように言った。「もう手遅れだわ……」


「全く面目ない話です」

と言ったのは高橋刑事。「せっかく笹井友美君の居場所を突き止めたのに」

「でも、一番肝心なことは、友美さんを無事に取り返すことですから」

と、爽香は言った。

「そう言っていただけると……」

と、高橋はますます渋い顔になった。

「何があったんですか？」

〈Ｇ興産〉の応接室で、爽香とあやめは訪問して来た高橋刑事の話を聞いていた。

「武原勝人のものとみられるケータイの番号から、場所が判明し、そこへ駆けつけたのですが……。現在使われていない空きビルだったのです。友美君を、そこの地下の倉庫だった部屋で見付けたのですが……」

と、高橋はため息をついて、「実は、ごく近くに、よく似た空きビルがもう一つありまして。我々は初め、間違ってそっちへ突入してしまったのです」

「あら」

「それに気付いて、本当のビルにいた連中はみんな逃げ出してしまい、間違いに気付いて我々が駆けつけたときは誰一人……」

「そうだったんですか」

爽香も話を聞いて呆れはしたが、何だか間の抜けた話で、怒る気にはなれなかった。

「結局、友美君は発見したのですが……」

「犯人の手掛りはなかったんですか？」

「いや、あわてて逃げたので、色々残った物があり、そこから二人の男の名前が分りました。その一人を行きつけの飲み屋で見付け、逮捕しました」

と、高橋が手帳を開いて、「若い下っ端《ぱ》でして、何でもペラペラしゃべってくれました。——誘拐を指示したのは、浜野という男で、こいつは以前武原の子分でした。トラブルがあって、武原を恨んでいたらしく、例の荷物を奪ったということです」

「その浜野は今――」

「行方を追っています」

「その話は、篠原純代さんが今田から聞いたことと一致しますね」

「今田も姿をくらましているんです」

と、高橋は申し訳なさそうに、「しかし、必ず二十四時間以内に発見してみせます！」

張り切るのはいいが、「二十四時間以内」というのは、どう考えても根拠のない話だろう。

「鍵はなんといっても武原ですね」

と、爽香は言った。「武原も監視してるんですね？」

「もちろんです。今田が現われる可能性もありますし」

爽香は、少し考え込んでいたが、

「あやめちゃん、夕方の打ち合せ、明日の朝に延ばして」

「分りました。出かけるんですか？」

「高橋さん、ちょっと嘘をついてもらっていいですか？」

武原は大股にナースステーションへと歩いて行くと、

「武原だが」

と、こわばった表情で言った。「家内の具合が……」

「お待ち下さい」

看護師が手元の電話を取る。「――武原さんがおみえです。――承知しました」

そして武原に、

「そちらの〈第一診察室〉へお入り下さい」

「分った」

「お一人でお願いします」

武原には若い子分が二人、ついて来ていたのだ。武原はその二人に、

「ここで待ってろ」

と言うと、〈第一診察室〉へと向った。

そして戸を開けると、

「武原ですが、家内のことで――」

と言いかけて言葉を切った。

椅子にかけているのは、白衣の医師ではなく、爽香だったのである。

「お前が何を――」

「申し訳ありません」

と、爽香は穏やかに言った。「奥様のご容態は、特に変りありません。ただ、あなたと一対一でお話がしたくて」

「ふざけたことを――」

「お連れがあることは承知しています。でもどうしても伺いたいことがあるんです。息子さんについて」

武原はじっと爽香をにらんでいたが、やがて向い合った椅子に腰をおろした。

「――何の話だ」

「勝人さんが今、どこにおいでか、ご存じですか？」

「どうしてそんなことを訊くんだ」

「たぶん、ご存じないのでは、と思いまして」

「お前の知ったことか」

「ところが、そうはいかないんです。私の同僚の娘さんが誘拐されました。幸い、無事に戻ったのですが、その手掛りは、勝人さんのケータイだったんです」

「どういう意味だ？」

武原が真顔になって訊いた。

爽香は、武原の妻から勝人のケータイ番号を聞いたこと、そしてそのケータイが、誘拐された笹井友美の監禁された部屋にあったことを説明した。

「——息子がその娘を誘拐したと言うのか」

「いいえ。もしそうなら自分でケータイを持ち歩いているでしょう。武原さん、本当のことを教えて下さい。勝人さんの行方が分らないのでは？　そして、浜野という男が、勝人さんをどこかに隠しているのではありませんか？」

武原は「浜野」の名を聞くと、爽香から目をそらした。爽香は続けて、

「浜野の所の若い者が逮捕されています。直接見かけてはいないようですが、浜野が勝人さんのことを話しているのを小耳に挟んでいました」

「勝人はどこだ？」

と、武原は言った。「知っているのか」

「私も知りたいんです。そしてもう一つ、あなたが私に出せと言った、あの包みのことも」

武原は唇をなめた。——爽香がそこまで知っているとは思っていなかったのだろう。

「その包みは、今浜野の手にあります。それがあなたにとってなぜ大事なものなんですか？」

武原は口をつぐんでしまった。

「——奥様は言っていました。『勝人も悪い子じゃないのよ』と。奥様は何か知っておられます。何が起こったか、察しておいでです。——何があったんですか？」

武原は明らかに追い詰められているようだった。――怒鳴ることも、椅子をけって立ち去ることもできないのだ。

「おそらく――」

と、爽香は言った。「汐見アユ子さんが殺されたことと関係しているのでは？」

武原はすぐに、

「アユ子の件では、俺にはアリバイがあった。確かめてみろ」

と言った。

「知っています。でも、勝人さんにはどうですか？」

「勝人が……どういう関係があるんだ？」

「捕まっている若い者は、包みが破れて、中身がのぞいていたと話しています。それは茶色っぽい色の布で、テーブルクロスだと浜野が誰かと電話で話していたのを聞いたそうです」

武原は、どう答えたものか、迷っているようだった。――爽香は続けた。

「勝人さんは、浜野に何か弱みを握られているのではありませんか？　たとえば、勝人さんが汐見アユ子さんを殺した証拠とか」

武原の顔が紅潮した。それは答えているのと同じようなものだった。

しばらく沈黙があって、武原はやっと口を開いた。

「――あいつは何も知らなかった」

と、かすれた声で言った。「たまたま、俺のマンションにやって来たとき、アユ子と初めて会った。アユ子は年下の勝人を、弟のように見て、話し相手になったんだ……」

「勝人さんは、そんなアユ子さんに恋したんですね」

「勝人は昔から女の子と話したりするのが、大の苦手だった。女の子と向き合うと、何も言えなくなってしまう。しかし――どういうわけか分らないが、アユ子とはごく自然に話ができた。俺はそんな勝人を見て、ごく当り前に生きていけるようになるかもしれないと思った」

「勝人さんは、あなたとアユ子さんのことを……」

「愛人だとは言えなかった。だから、『親戚の子』だと言っておいたんだ。勝人はそう信じていたと思う」

「それで――何があったんですか?」

爽香はじっと武原を見つめていた。武原が息子の身を不安に感じていることは伝わって来た。

武原が口を開くのを、ただじっと待っていた。おそらく、このまま行けば、本当のことを話すだろう、と――。

そのとき、診察室の戸が開いた。

「あなた。何をしてるの?」

恭子が立っていた。そして爽香を見ると、「どなたでしたっけ? どこかでお会いしたことが……」

緊張の糸が途切れた。

「いや、何でもないんだ」

と、武原は立ち上って、「こちらは──」

「ああ! 思い出したわ」

と、恭子は笑顔になって、「何とか『さやかさん』だったわね。あなた、この人のこと、気に食わなかったんじゃないの?」

「いや、別に……」

武原は爽香へと、「失礼する」

と言った。

「武原さん、今は息子さんのことを──」

「分ってる。しかし──そうじゃない。あいつがやったんじゃない」

そう言うと、武原は妻の肩に手をかけて、

「さあ。ベッドへ戻ろう……」

と、促して診察室を出て行った。

17　隣の男

「あなたは黙ってて！」

妻の鋭い声は、本物の刃物のように、笹井の胸に切り込んだ。

「詩子――」

「私に任せておけばいいのよ」

穏やかな声にはなったが、その代り、凍りつくような冷ややかな目が、笹井をじっと見ていた。笹井はもう、口を開くことができなかった。

「いいわね。分った？」

「ああ。分ってる。俺は……」

笹井は、その後に続けて、

「子供じゃないんだ」

と言おうとしていた。

しかし、そんなことを言えば、詩子が何と言い返して来るか、それを考えると、言葉が出なくなってしまったのだ。

「行くわよ」

詩子が先に立って、校舎の中へ入って行く。〈K学園〉の校舎の受付窓口へ、

「中学二年の笹井和也の親でございます」

落ちついた声音だった。友美の無事を電話で知らせたとき、弱々しく泣いていた妻が、一夜明けて、別人のように冷静沈着な様子でいるのだ。笹井は呆気に取られて眺めていた。

二人が来訪することは分っていたようで、受付の女性はすぐに応接室へ案内してくれた。

「すぐに校長が参ります」

「どうも……」

笹井と詩子は、ずいぶん古びたソファに身を沈めた。

待つほどもなく、ドアが開いた。

「この度は息子の和也がご迷惑を――」

入って来た人間の顔も見ずに、詩子がいきなり頭を深々と下げて、まくし立てるように言い出した。

大分頭の薄くなった背広姿の男性は、圧倒されたように立ちすくんでいたが、

「あの──まあ、ともかく落ちつかれて下さい」

と、やっと口を挟んだ。

「校長の清水《しみず》です。どうぞお座りになって……」

「笹井和也の母でございます」

詩子はソファに座ると同時に再び早口で言った。

「──息子さんは大変成績も優秀で、確かにデパートでの件は問題ではありますが……」

「和也は被害者なのでございます」

と、詩子は力をこめて言った。

校長は当惑した様子で、

「被害者とおっしゃるのは……」

「和也はとても家族思いの子なんでございます。それがこのところ──母親として、大変恥ずかしいことですけれど、高校一年生の姉が色々問題を起しまして」

笹井は愕然とした。確かに詩子は、友美の非行のせいで和也がおかしくなった、と言っていたことがある。

それを強調して、和也が「被害者」だということにしたいのだ。しかし、それではあまりに友美が可哀そうだ。

しかし、笹井が口を挟む間もなく、詩子は友美が誘拐されていたことまで、「悪い仲間と家を空けて帰らず、警察のお世話になった」

ことにしてしまった。

「和也は傷つきやすい子です。姉が非行に走るのを止められない自分を責めて、ノイローゼになったのでございます。もちろん、すべては夫と私の罪でして、その点、責任を感じております。和也が自分を見失ってしまったことを、どうか咎めないでいただきたいのです」

笹井は、校長がすっかり詩子のペースにはまっていく様子を、何とも言えず虚しい気持で眺めていた。


「ここで待ってて」

と、爽香は言った。

「大丈夫？」

「平気だよ」

と、珠実が答えた。「その辺のベンチに座ってる」

「そうかからないと思うから」

「お母さん、診てもらったら？〈探偵病〉ですって言って」

「からかわないで」

と、苦笑して、爽香は病院の奥へと入って行った。

――T医大病院の外来待合室は、ほとんどのベンチが人で埋っていた。

珠実は何列も並んでいるベンチの奥の方へどんどん進んで行き、何とか端の方に隙間を見付けた。

たぶん、本来は五人がけのベンチに、六人が座っていたようで、端の一人が立って行った後、大人一人分には少し窮屈なスペースが空いていた。

珠実はちょっと迷ったが、空けておくのももったいない、と思って、その端のスペースに腰をかけた。珠実には充分な幅だった。

そのころ――爽香はナースステーションに声をかけ、「武原恭子さんに面会したいんですが」

と言った。

武原勝治との話が中途半端なままで終ってしまい、爽香は高橋刑事に話をしようと思ったのだが、うまく連絡が取れなかった。

恭子はおそらく息子の勝人のことを夫から聞いているだろう。爽香は、恭子と話すには自分一人の方がいいと判断した。

たまたま、珠実を学力試験の会場へ迎えに行かなくてはならず、そのままT医大病院へやって来たのだった。

だが、恭子は、

「今、検査に行かれてます」

ということだった。

「時間がかかりますか」

「たぶん……十五分くらいでお戻りだと」

それなら待っていよう。爽香は病室へは入らず、廊下の長椅子に腰をかけて待つことにした。

高橋刑事は、まだ浜野という男も、今田も見付けられていなかった。武原を監視しているのだが、爽香の考えでは、おそらく武原も息子の居場所を知らない。

汐見アユ子の死が、勝人と係っているのなら、武原はすべてを隠し通したいと思うだろう。恭子からなら、真相が訊き出せるかもしれない……。

爽香は腕時計を見た。――十五分か。それぐらいなら、珠実を一人で待たせても大丈夫だろう……。

表示される番号が変る度に、ベンチから人が立って行く。

よく見てるなあ、と珠実は感心した。

自分だったら、待っている間に、色々ぼんやりと考えて、番号が変って、自分の番が来ても気が付かないかもしれない。

「でも……」

それは自分が病人でないから、そんな風に考えるので、どこか具合が悪かったら、じっと番号を見つめているのだろう。

本当に、世の中には病気の人って大勢いるんだな、と珠実は思った。

——また番号が変った。

すると、珠実のかけているベンチの、珠実の隣に座っていた中年の女性が立ち上った。

「あ……」

膝を痛めているのか、立った勢いで、顔をしかめてよろけてしまった。

珠実はパッと立って、その女性の腕を取って支えた。

「ま、どうもありがとう……」

と、その女性が何とか立ち直って、「転ぶところだったわ。ゆっくり立てば良かったのに、自分の番号を見ると、つい焦っちゃってね……」

と、少し照れたように言った。

「大丈夫ですか？　診察室までついて行きましょうか」

「いえいえ。そんなこと、悪いわ。あなただって……」

「私、母が戻るのを待ってるだけですから」

「まあ、いいの？　すまないわね」

片足をかばって、どうしてもゆっくり歩くことになるその女性を、珠実は〈診察室〉がズラリと並んだ所まで支えて行った。

看護師さんが迎えてくれて、珠実はホッとした。

私は十五歳だけど、あと何十年かしたら、膝を痛めて苦労するようになっていてもおかしくない。

珠実は、元のベンチに戻って行った。別に他のベンチでも良かったのだが、ほとんど空きがないし、何となく元の場所に戻ったのだ。

あの女性が立った後は、そのまま空いていたので、腰をおろした。

隣はジャンパーをはおった男性だった。

珠実は車に鞄を置いて来たので、読むものもなく、待合室の中の色々な掲示を眺めていた。すると、

「偉いね」

と、隣の男性がポツリと言った。

一瞬、珠実は自分が言われたのかどうか分らなくて、黙っていた。

その男性が、今度は珠実の方を見て、

「あのおばさんのこと、送ってあげて、偉いね」

と言った。

「いえ、別に……。辛《つら》そうだったから」

「うん。でもなかなかできないよね」

「そうですか……」

まだ若そうな男性だった。——珠実は、その男性が、表示される番号を見ていないことに気付いた。

「診察ですか？」

何か言わないと悪いような気がしたのだった。

「いや、そうじゃないんだ」

と、何だかあまり元気のない声で、「ママがね、入院してるんだよ」

「——ああ」

「だから、君がああして女の人を助けるのを見てね、ママのことを考えて……」

「ママ」と言っているが、二十歳は過ぎているだろう。

「お見舞ですか」

と、珠実は言った。

「そのつもりでね……。でも、会いに行くのが怖いんだ」

珠実はちょっとふしぎに思って、

「怖いって、どうしてですか？　お母さんなんでしょう？」

と言った。

「うん」

「だったら……。きっとお見舞に行けば喜ばれますよ」

ごく当り前の気持でそう言ったのだが、

「でもね……僕はとても親不孝なんだ。ママにもずいぶん迷惑かけちゃった。だから、きっとママは怒ってると思うんだ……」

「でも……そんなこと、会ってみないと分りませんよ。ねえ？　親って、たいていはいっとき腹を立てても、その内忘れるんじゃありませんか？」

「そうかな……」

「きっとそうですよ！　行ってみれば、分ります」

若い男は、ちょっと微笑んで、

「君に言われると、大丈夫のような気がして来たよ」

「せっかくここまで来たんだもの。ここでじっと座ってても、お母さんには伝わりませんよ」

余計なお節介かと思ったが、珠実はつい、そう言わずにいられなかった。

「ありがとう」

若い男はゆっくりと立ち上った……。

「じゃあ……行って来るよ」

「ええ。お母さんがきっと大喜びしますよ」

と、珠実は言った。

「そうだといいんだけどね」

と、男は歩き出したが——。

ふと足を止めると、振り返って、

「——ね、君」

「はい……」

「悪いんだけど……。一緒に来てもらえないかしら」

「え？　お母さんの所へ、ですか？　私みたいな他人がついて行ったら、お母さん、びっくりされるんじゃ……」

「いや、だから廊下で——病室の外まで行ってくれれば、それでいいんだ」

「それじゃ……」

珠実も、すぐ戻って来ればいいか、と思った。

「いいですよ」

と、珠実は言った。「じゃ、行きましょう」

「ありがとう！　君はやさしい子だね」

二人は奥のエレベーターに向って歩いて行った。

「——僕は勝人っていうんだ。君は？」

「私、珠実です」

「中学生？」

「中三です。十五歳」

「そうか……」

勝人は微笑んだ。珠実が、

「あ……」

「どうかした？」

「いえ。普通に笑えるんだな、と思って」

「うん……。笑ってなかったか、僕」

「ごめんなさい。つい、思ったことを何でも言っちゃうの。お母さんと似たんだと思う」

「なるほど。でも、それって羨しいよ。僕は自分の思ってることを人に言ったりするの、苦手なんだ」

エレベーターが来て扉が開いた。中からストレッチャーを押して、看護師が二人出て来る。珠実と勝人は傍へよけた。

そのとき——男が二人、勝人のそばへピタリと寄って、両側から腕をつかんだ。

勝人が目を伏せて身を固くした。

「ここにいたのか」

と、男の一人が言った。

「捜したぞ」

もう一人が珠実を見て、

「何だ、こいつは？」

と、勝人へ訊いた。

勝人が珠実を見た。そして、

「知らない子だよ」

と言った。

「よし、行こう」

二人の男が、勝人の腕をしっかりつかんで、玄関の方へと連れて行く。

珠実は一瞬、それを見送っていた。そして、勝人たちが、エレベーターから降りたストレッチャーのそばを通り抜けようとしたとき、

「ワーッ！」

と、思い切り大声を上げて、珠実は勝人の背中めがけて駆けて行くと、後ろから勝人に飛びついて、しがみついた。

「泥棒！　泥棒だ！　私の財布を盗った！」

と、珠実は大声で叫んだ。

珠実がぶつかった勢いで、左右の二人は勝人の腕を放してしまった。

「この二人も仲間なんだ！　捕まえて！」

と、珠実は叫び続けた。

「おい！」

玄関の所にいたガードマンが駆けて来る。

「何だってんだ！」

男たちはあわてて駆け出すと、ガードマンを突き飛ばして逃げて行った。

呆然としている勝人から離れると、珠実は、

「危なかったね。そうなんでしょ？」

と言った。

「君……」

「あの二人に捕まったとき、死にそうな顔してたよ」

と、珠実は言って、やって来たガードマンへ、「ごめんなさい。お財布、ポケットに入ってた」

と、ニッコリ笑って見せた。

「――珠実ちゃん！」

と、声がした。「何してるの？」

「あ、お母さん」

珠実は爽香を見て、「もう用事、すんだの？」

と言った。

18　母と子

「じゃ、あなたが武原勝人さん……」

と、爽香は言った。

勝人が黙って肯いた。爽香は、

「あなたを連れ出そうとしてたのは――浜野って人？」

と訊いた。

勝人が、また黙って肯く。

見ていた珠実が、

「ちゃんと声に出して返事した方がいいよ」

と言った。「連れてかれるときだって、『いやだ！』って、はっきり言ってやれば……」

「珠実ちゃん、お説教するには若過ぎるよ」

爽香の言葉を聞いて、珠実が口を尖らす。それを見て、勝人がちょっと笑った。

「あ、また笑った」

「うん、ありがとう。ちゃんと言葉でお礼を言わないとね」

と、勝人は穏やかな口調で言うと、「あの——ママはどんな具合ですか？」

「ご自分で会ってご覧なさい。一緒に行きましょう」

爽香が促して、勝人、珠実と三人でエレベーターに乗った。

「検査が長引きそうだって言われて、一旦下りて行くことにしたのよ」

と、エレベーターの中で爽香が言った。「病室の中で待っていましょう。息子さんが一緒なんだから」

母親の病室に入ると、

「立派だな」

と、勝人が目をみはった。「でも——ママは人とおしゃべりするのが好きなんだ。きっと、一人じゃ寂しいと思うよ」

「もうじき戻ってみえるでしょう。今、警察の人に連絡したけど、いいですね？」

爽香に問われて、勝人は黙って肯いたが、少しして、あわてて、

「いいです」

と答え、珠実は笑いをかみ殺した。

そこへ、病室の扉が開いて、車椅子の恭子が戻って来た。

「あら」

と、勝人を見て、「いつ来たの？」

「今だよ、ママ」

と、勝人は母の姿を見て、涙ぐむと、「あんなに元気だったママが、歩くこともできないの？」

「何言ってるの」

と、恭子は顔をしかめて、「看護師さんが、どうしてもって言うから、車椅子で来たのよ」

と言うと、ヒョイと立って、歩き出した。

「奥様、まだ麻酔が——」

と、看護師があわてて言った。

「大丈夫よ！　ちゃんとこうして——」

と言いかけて、恭子はフラッとよろけた。

「危ないですよ！」

爽香が素早く支える。「ちゃんと看護師さんの言うことを聞かないと」

「検査で軽く麻酔をかけているので、あと二十分ぐらいで、元通りになります」

「じゃ、ベッドへ」

看護師と爽香が、二人で恭子をベッドに寝かせる。恭子は息をついて、

「検査ばっかりの毎日で、これじゃ検査の疲れで寿命が縮むわ」

患者の文句には慣れている看護師である。

「お水を飲んで下さいね」

と言うと、車椅子を押して出て行った。

「――勝人、どこにいたの？」

と、恭子が言った。「お前は、一人じゃ何もできないんだから、勝手にいなくなったりしちゃだめよ」

「ママ……」

勝人が、ベッドのそばの椅子にかけて、「でも、僕は好きなようにしたいんだ。もちろん、他の人みたいにはできないかもしれないけど……」

「そのせいで、あんなことになったんじゃないか」

と、恭子は息子をにらんだ。

「そこにいる杉原って子と何があったの？」

「奥様」

と、爽香は言った。「何があったのか、本当のことを、勝人さんの口から聞かせてほしいんです。今も、浜野という男が、勝人さんを連れ去ろうとしていました。――アユ

子さんと勝人さんの間に何があったんですか？」

「何もあるわけがないでしょう」

と、恭子は即座に言った。

「勝人は女の子なんかに興味はないのよ」

「そうではないでしょう」

と、爽香は勝人の方へ、「あなたが浜野の言うなりになっていたのは、どうして？」

「それは……」

と言ったきり、勝人はうつむいてしまった。

こうなったら、単刀直入に訊くしかない、と爽香は思った。

「教えて。汐見アユ子さんを殺したのはあなたなの？」

恭子が目をつり上げて、

「とんでもないことを！」

と言った。「このやさしい子に、そんなことができるわけが――」

「お願いです」

と、爽香は遮って、「勝人さんに答えさせてあげて下さい。――勝人さん、どうなの？」

すると、勝人は思いがけない返事をした。

「そうかもしれない……」

「『かもしれない』って、どういう意味？」

「よく分らないんだ」

と、勝人はただ力なく首を振っただけだった。

「それじゃ、少なくとも、汐見アユ子さんが殺されたとき、そこにいたのね？」

と、念を押すように言った。

「――たぶん」

と、勝人は肯いた。

爽香はちょっと間を置いて、「どんなことがあったのか、あなたの憶えている通りに、話してちょうだい」

と言った。

「何だか……赤くて……」

「赤い？」

「うん。何もかもが赤く見えたんだ」

勝人が、やっと自分の言葉で話し始めた、と爽香には思えた。

そして――。

「今日はパパがいないんだね」

と、勝人は言った。

「ええ。二人で夕ご飯にしましょうね」

と、アユ子はダイニングのテーブルに皿を並べながら、

「さあ、席について」

「うん」

勝人は空中を歩いているような、夢見る気分だった。

アユ子と二人きりだ。こんなことがあるなんて！

アユ子と会うときは、いつもパパが一緒にいる。もちろん、そんなときでも、アユ子は勝人にやさしくしてくれるが、パパの手前、手を握ったりはしない。

勝人にも分っている。アユ子がパパのものだってこと。勝人が自分のマンションに帰った後、アユ子はパパと寝ているのだということ……。

それを想像するのは、勝人にとって、辛くないわけではない。

でも——仕方ないのだ。アユ子はパパに大事にされているおかげで、いい暮しができる。

前に勝人に言ったことがある。

「私には、お父さんもお母さんもいないの」

と……。「あなたのパパが、私にとっては親のようなものなの」

アユ子はパパに感謝していた。パパがそうしてアユ子にやさしくしていてくれることは、勝人にとっても嬉しいことだったが。

しかし、勝人にとって、アユ子がただの「知り合い」でなく、「好きな人」に変って来るにつれ、パパへの感謝の裏で、アユ子を思いのままにしているパパへの憎しみも抑えがたく増して来ていた……。

そのアユ子が、今夜は勝人一人のものなのだ！

パパは何か大事な集まりがあって、泊りがけで出かけている。アユ子は、自分から、

「夕ご飯に来ない？」

と誘ってくれた。

そして、そのことはパパもちゃんと承知してくれている、ともアユ子は付け加えた……。

――料理はすばらしくおいしかった。

そして勝人は、普段めったに飲まないワインまで、少し飲んだのだ。

カッと顔も体も熱くなって、勝人は今自分が現実の中にいるのか、それとも夢の世界にいるのか、分らない気分だった……。

「――居間でのんびりしましょう」

食事が終ると、アユ子が言った。

勝人はソファにアユ子と並んで座ると、いれてくれたコーヒーを飲んだ。すてきなコーヒーの香りだった。

「勝人さんはパパが好き?」

と、アユ子に訊かれた——ことまでは憶えている。

しかし、そこから先はもう頭がボーッとして来て、ちゃんとアユ子に答えたのかどうかも定かでない。

そして、なぜか目の前が赤く染って来たのである。

「どうしたの? 気分でも悪い?」

アユ子の声が、どこか遠くで聞こえた。そして視界は赤一色に覆われた……。

「良かったわ、ともかく」

と、詩子が言うのを、笹井は信じられない気持で聞いていた。

妻と並んで歩きながら、こみ上げて来る怒りを必死で抑えていたのだ。

そんな夫の気持など、まるで気付かない様子で、詩子は、「これで、和也が無事に学校へ戻れる。校長先生があそこまで言って下さったんですもの、大丈夫よ」

と、明るい表情で言った。

駅に向って歩く、笹井の足が止った。詩子は数メートル行って振り返り、

「どうしたの？」

と訊いた。

笹井には分っていた。何を言っても、妻には通じないだろうということが。しかし、どうしても黙ってはいられなかったのだ。

「あんな言い方はないだろう」

と、笹井は少し上ずった声で言った。「あれじゃ、友美が可哀そうじゃないか」

「何よ、急に」

詩子は呆れたように、「私が一つでも間違ったことを言ったかしら？　友美は自分のせいであんな目にあったのよ」

「誘拐されて、下手すれば命だって危なかったかもしれないんだぞ！　お前は友美のことが心配じゃないのか」

「心配してるわよ、もちろん。勝手に夜遊びして外泊して。いくら篠原さんがやさしくしてくれるからって、入り浸って……」

「あいつは真面目に学校へ行ってるじゃないか」

「ええ、それは結構。でも、あの子は何を考えてるか分らないところがあるわ」

「自分が悪者になるってことにね」

「和也が学校に戻れるようにするために、

「信じてるわよ。あの子は和也のことを気にかけてる」

と、つい声を荒らげる。

「娘のことが信じられないのか！」

「それなら――」

「だから、ちゃんと納得してるわよ。和也が学校に戻れるようにするために、自分が悪者になるってことにね」

笹井は愕然とした。

「お前、友美にそんなことを話したのか」

「ええ、ゆうべ遅くにね。友美は言ってたわ、『いいんじゃない、それで』って」

弟のために――いや、本当は詩子のために、だ。自分が犠牲になる。

そんな嘘が、友美をどれだけ傷つけるか、詩子には全く分っていないのだ。

「――さ、行くわよ」

詩子は、もう後ろを振り返ることもなく、足早に歩いて行った。

19　行き着く所

「気が付くと……彼女は……」

と、武原勝人は、長い間の後に言った。

「死んでたんだ」

「彼女って、汐見アユ子さんのことですね」

と、爽香は念を押した。

そうすることで、勝人が少しずつ自分を取り戻してくれる、と思ったのだ。

「アユ子さんが亡くなっているのは見た？」

「ああ……。血に染っていた」

「でも、あなたは刺した覚えはない。そう言って抵抗したのね」

「抵抗か……。いい言葉だな」

と、勝人はぼんやりと宙を見ている。

「ね、よく考えて」

と、爽香がくり返した。「アユ子さんの死体を、その目で見たのね？」

そう訊かれると、勝人もはっきりしなくなる。

「いいです」

と、爽香は肯いて、「テーブルクロスの話に移りましょう」

「テーブルクロス！」

と、勝人はため息と共に言った。

「血に染ったテーブルクロス」

と、爽香はくり返して、「そこにあなたの血も？」

「僕の……。どうだろう」

「はっきりさせたいんです。そして、テーブルクロスはどこへ行ってしまったんですか？」

「僕は……よく分らないよ」

と、勝人は頼りなげに首を振った。

おそらく、今は浜野という男が、テーブルクロスを持っているのだろう、と爽香は思った。

しかし、なぜこうも転々としたのだろう？

爽香が知っているのは、あの駅のホームで包みを拾ったこと。それを、落とし主の井出温子に渡した。

井出温子は、しかし包みを持っていて、殺されてしまった。殺した人間が包みを持ち去ったと考えるのが当然だが、そうではなかった。

包みはなぜか安東夕加という女性の手に入り、武原がそれを買い取るはずだった。友美が金を渡して、包みを受け取ったが、浜野に奪われた……。

友美と、篠原純代の話から、その事情は分った。——高橋刑事も、その話を確かめるべく、安東夕加という女性を探していた。

しかし、その前の段階。井出温子がなぜ包みを持っていたのかは分らないままだ。

「ワインなんか飲むからだよ」

と、なぜか急に珠実が言ったので、爽香はびっくりした。

「珠実ちゃん、何なの、突然？」

「ううん、勝人さんって、アルコールに弱そうだなと思ったの。学校の先生で、凄くアルコールに弱くて、ビールをコップ半分飲んで、引っくり返っちゃった人がいるのね。勝人さんが、その先生と何だかよく似てるから、きっと弱いと思ったの。ワイン飲んだって言ってたでしょ？」

「うん」

と、勝人は肯いて、「まあ……確かに強くはないけど、でもワイン一杯ぐらいで、引

「そう？　じゃ、何杯も飲んだんじゃない？　好きな人と一緒で、頭に血が上って、分んなくなったんじゃない？」

「待って」

と、爽香は言った。「勝人さん、目の前が真赤になった、って言ったわね」

「うん。それで頭がボーッとして……」

「いくらワインで酔っても、そんなことにはならないわ」

爽香は少し考えていたが、

「勝人さん、そのマンションで、アユ子さんと食事して、料理は凄くおいしかったと言ったわね」

「うん、本当だよ」

「その料理って、アユ子さんがこしらえたの？」

「え……。彼女が出してくれたよ」

「お皿に入れて出すのと料理するのとは違うわ。料理はすぐ出て来た？」

「そうだった。——うん、憶えてる。アユ子さんは、電子レンジで料理を温めてた」

「つまり——料理は予《あらかじ》め作ってあったってことね。アユ子さんがこしらえたんじゃないかもしれない」

「それは——訊かなかった」

「当然よね。でも今の話を聞いてると、その料理に何か入っていたんじゃないかと思えるの」

「何か、って……」

「あなたの神経に作用するような薬が。目の前が真赤になったなんて、普通なら考えられないでしょ」

と、爽香は言って、「そのとき、アユ子さんはおかしくならなかった？　めまいがするとか……」

「いや、何も……。元気だったと思うよ。そして、僕のことを心配してくれていた……」

「でも、お母さん、料理に何か入ってたのなら、アユ子さんだって食べたんでしょ？」

「うん、一緒に」

「じゃ、勝人さんだけがそんな風になったのはおかしいわ」

と、珠実が言った。

「アユ子さんが薬を入れたのなら？　勝人さんの方の皿だけに何か入れることは難しくないわ」

「でも、どうして僕を？」

「おそらく、殺されるとは思っていなかったんでしょうね」

そのときの料理のサンプルはおそらく取っていないだろう。

では、なぜ汐見アユ子は殺されたのか？

いや――そもそも汐見アユ子という名前は本当なのか。

「そうだわ……」

と、爽香は呟いた。

第一歩に立ち戻る。――まず、殺されたのは誰だったのか？

汐見アユ子が本名なら、爽香が病院で会った老人、汐見と、何かつながりがあるのか？

初めから、やり直しだ。――爽香はそう思った。


「いや、面目ないです」

と、高橋刑事は、少し大げさに、「河村さんにも言い訳できませんよ」

いい人なのはよく分る。しかし、何度か会って話していると、爽香にも高橋刑事がいささか「安請け合い」の頼りないところがあると分って来た。

「いえ、よくやって下さっているのは分りますし、感謝しています」

と、爽香は言った。「伺いたかったのは、殺された汐見アユ子さんの身許です。あれが本名だったのかどうか……」

仕事での外出の途中、爽香は高橋とカフェで会っていた。

「それが、なかなか分らなかったんですよ」

と、高橋は両手を広げて見せて、「何しろ、ああいう店で働いていると、店を移る度に名前を変えるなんてことは年中ですからね」

しかし、爽香は高橋が「分らなかった」という言い方をしたのに気付いていた。

「それで、分ったことを教えてもらえますか」

「もちろんです！　ただ——確実な情報かどうか、今ひとつ自信が持てないので、ご連絡しなかったんですが」

「構いません。どんな小さな手掛りでも」

と、爽香は念を押した。

「はあ……。どうやら、汐見アユ子は本名らしいと分りました」

と、高橋は手帳をめくって、

「あなたがお会いになった汐見忠士さんが養子にしていたとのことで、〈汐見〉の姓を名のっていたようです」

「養子ですか。じゃ、アユ子さんは汐見さんの施設で育ったんですね、やはり」

「そのようです。汐見氏が所長を辞めるとき、彼女を養子にしたらしいです」

それでは——。汐見アユ子は、同じ施設で、米川由衣と一緒に暮していたのだろうか、と爽香は思った。

あの病院で、亡くなる少し前、爽香に汐見忠士が話してくれた、孤独な女の子のこと……。米川由衣という名の女の子のことを、爽香は忘れられなかった。

汐見忠士は、元所長として、大勢の子供たちを見守り、社会へ送り出して来ただろう。そして、その中でも、「父親に裏切られた」米川由衣を気にかけていた……。

たまたま病院で会っただけの爽香に、もし米川由衣に会うことがあったら、と、あり得ない望みと承知で語りかけた汐見。

その米川由衣が、今どこでどうしているのか、知る由はないが、少なくとも同じ施設にいた女性が殺された出来事に、爽香は係っている。

それはやはり、ふしぎな縁というものだろう……。

米川由衣が施設を出てから、十年以上になるという話だった。その後、彼女は施設に何か連絡など取っていなかっただろうか。

彼女について知っている人が……。

ここが……。

爽香は足を止め、しばらくその場に立ち尽くしていた。

住所を頼りに捜して辿り着いた施設。汐見忠士が所長をつとめていた施設は、もうそこにはなかった。

今、爽香が見上げているのは、商店が一階に入った雑居ビルだった。二階には食堂やティールームが入っているようだ。

その両隣も向い側も、個人の住宅や商店だから、目の前の五階建のビルが元の施設だったに違いないとは思ったが、そう思い込んだだけでは仕方ない。

ビルの筋向いの、今どき珍しい八百屋がいかにも古そうなので、入ってみることにした。

「いらっしゃい」

七十は過ぎていようと思える女性が、すっかり色の変ってしまったエプロンをつけて、店の奥に立っていた。いや、小さな椅子にかけていたのが、爽香が入って来るのを見て、よっこらしょと立ち上ったのである。

爽香はタマネギとピーマンを買って、代金を払った。小銭入れが硬貨で重くなっていたので、細かい金額をきっちり出した。

「細かくてごめんなさいね」

「どういたしまして。現金で払ってくれる人が段々減って来て、こっちは苦労ですよ」

と、おかみさんは言った。

なるほど、こんな店にも、カード払いの装置が置いてある。

「ちょっと伺ってもいいですか？」

と、爽香は言った。「向いのビルですけど、前はあそこに子供さんたちの施設がありませんでしたか？」

眠そうだったおかみさんの目が、大きく見開かれた。

「ありましたよ。ええ。どうしてご存じ？　誰かお知り合いでも？」

「いえ、ちょっとお話を耳にして」

と、爽香は曖昧な言い方をして、「いつごろ閉めてしまったか、ご記憶ですか」

「そうねえ……。どれくらいになるかしら、あれから」

と、首を少しかしげて、しばらく考えていたが、「確か私の孫が小学校に上った年だったような……。たぶん、十年くらい前じゃないかしら」

「そうですか」

あのビルも、そう真新しくはない。十年と言われれば、そんなものだろう。

「私――たまたま先日、そこの所長さんだったという方とお話しする機会がありまして……」

と、爽香が言いかけると、

「汐見さんと？　汐見さんに会ったんですか！」

と、おかみさんが爽香を見つめて、「どうしてます、あの人？　とってもいい人でね、うちにもよく買物に来てくれた」

「そうですか。——残念ですが、先日亡くなりました」

「まあ……」

おかみさんは深く息をつくと、「まだそんなに年齢《とし》でもなかったような……。でも、あれから十年と思えば、もう……。本当にやさしくて、いい人でしたよ。可哀そうにねえ。あんなひどい目にあわされて……」

爽香は買った物の袋をそばの台に置くと、

「ひどい目って、何があったんですか？」

と訊いた。

「汐見さんは話さなかった？」

「あまり長くお話しできなかったんです」

「そうなんですか。いえ、本当にひどい人がいるもんですよ。あんないい人を騙すなんて」

「よかったら、教えて下さい」

「ええ。——汐見さんにとっちゃ、一番苦労するのは、施設を出た子たちの就職先を見付けることだったの。分るでしょ？　不景気の中で、余分に若い子を雇ってくれる所なんて、そうそう見付からないですよ」

「分ります」

「そこへね、町工場のような所だったんだけど、この施設の出身者を優先して雇いましょうって言って来たところがあったの。何でも、社長さんが、やはりそういう施設の出身だったとかでね。もちろん、汐見さんはその工場を見に行ったりもして、安心したようだったわ」

「それで……」

「その工場について、国会議員の先生もいい職場だと推薦していてね、汐見さんはすっかり信用してたんですよ。ところが……」

「その話が嘘だった？」

「汐見さんは、その工場の人に頼まれて、何だかよく分らないイベントに参加することになった、って。——その辺はよく分らないけど、知らない内に、汐見さんは多額の借金の保証人にされてしまっていたそうなの。びっくりして、その町工場へ駆けつけてみると、もぬけの殻。何千万円って借金が、汐見さんにのしかかったの」

「じゃ、それで——」

「施設はたたむしかない。小さい子もいたけど、みんなてんでんバラバラになって行ったわ。可哀そうに、みんな泣いてた」

「騙した方のことは？」

「何も分らなかったらしいわ」

「それはそうですよね。初めから騙すつもりで仕組んでるわけですから、手掛りなんか残していません」

「そうなの。ともかく汐見さんは、見た目にも可哀そうなほどがっくり来てね。騙された自分をずっと責めてたわ」

と、おかみさんは涙ぐんでいた。

「そんなことがあったなんて、知りませんでした」

爽香は、おかみさんに、「お話を伺えてよかったです。ありがとうございました」と礼を言って、店を出ようとしたが、

「――施設にいた子が、訪ねて来たり、ってことはありましたか？」

と、足を止め、振り返って訊いた。

「そう……。確かアユ子ちゃんって子が、少しして、様子を見に来て、立ち寄ってくれたわ。どうしているかは分らないけど」

その子は殺されました、とはとても言えなかった。

爽香はくり返し礼を言って、タマネギとピーマンの入った袋をさげて店を出た。

そして、歩きながらケータイを取り出すと、発信した。

「——もしもし、松下さん、またひとつお願いが。——ええ、ちょっと調べてほしいことができたんです……」

20　命の価値

〈廊下を走らないこと〉

これは小学校の話ではない。なぜだか、〈G興産〉の受付の隅の方にひっそりとパネルが掲げてあるのだ。

きっと、「ずっとあそこにあるから」そのままにしておこう、と誰もが思っているのだろう。

しかし、今は――ハイヒールの靴音が廊下に響いていた。ハイヒールでよく走れるもんだ、と爽香などは感心してしまうのだが。

その靴音は、なぜか爽香のデスクの方へと向って来た。

「杉原さん！」

と、動揺した様子で駆けて来たのは、人事課の若い女性である。

「なあに？　どうしたの？」

爽香が面食らって訊くと、

「うちの課長、知りませんか？」

「笹井さん？　知らないわよ。いないの？」

当然、いないから捜しているのだろうが。

「何かあったの？」

「電話が」

その女性の手には、スマホが握られていた。「これ、課長のなんです。ずっと机の上で鳴っていたので、気になって出たら——」

「どうしたの？」

「息子さんからなんです」

笹井の息子といえば、デパートでの万引騒ぎがあった。確か、和也という子だろう。

「それで、どうしてそんなに——」

「息子さんが、お父さんに伝えてくれって。『僕、これから死ぬ』って」

爽香はあやめと顔を見合せた。

「笹井さんはスマホを置いて行っちゃったのね。館内放送で呼んでもらって。ビルの管理室に連絡して」

「分りました」

と、あやめが電話へ手を伸す。

「あの——どうしましょう?」

と、スマホを手にしたまま、途方にくれている。

「和也君のスマホからかかって来たのね? じゃ、ともかくこっちからかけて、思いとどまるように言わないと」

「でも……これ、つながってるんです」

「え?」

爽香は思わず声を上げた。

「ずっとそのまま?」

「ええ、たぶん……」

どうしたものか、一瞬迷ったが、ここは他に手がない。

「私が出るわ」

と、爽香は席を立ってスマホを受け取った。

といって、何を話せば? いや、ともかく今は向うの話を聞くのだ。それしかない。

爽香は一度深呼吸すると、「もしもし? 和也君? 聞こえる?」

と、できるだけ穏やかな、普通の調子で言った。「私、お父さんの同僚で、お友達の
——」

「杉原爽香さんっていうんだよね」

思いのほか、はっきりした口調だった。

「あら、私の名前を？」

「お父さんがよく話してる」

「本当？　どう話してるのかな、お父さん。ね、ともかく今お父さん、席にいないの。外出じゃないと思うけど……」

人事課の女性が首を横に振る。「――そう、すぐ戻ると思うわ。お父さんとお話ししたいんでしょ？　じゃ、どこかで……。今、どこにいるの、和也君？」

少し間があって、

「高い所」

と言った。「ここから飛び下りて死ぬことにしたんだ。アッという間だよ」

「でも……。待って。このまま……」

「別にいいんだ。お父さんと話せなくても。ただ、黙って死んだら、きっと悩んじゃうと思って」

「でも――気は変らないの？」

「うん、僕、デパートで万引したんだよ」

「ああ、そんな話は聞いてるわ。でも、誰でも何か、大人をびっくりさせてやろうとか、人の思ってる通りの自分じゃないってことを、大声で言いたくなることとってあるのよ。

そうだ、お姉さんと話した？　友美さんっていったわね。お姉さんと話してみたら？　あなたのこと、心配してるでしょ」

「お姉ちゃんは僕のせいでひどい目にあってるんだ。僕は学校から何も処分されなかった。みんなお姉ちゃんを悪者にして、話を作っちゃったのさ。ひどいでしょ？」

「そう……。でもお姉さんは――」

「うん。お姉ちゃんもそれでいいって。でも、それって凄く恥ずかしいことだよね。そうだよね！」

和也がほとんど叫ぶような声になって言った。――和也は、大人の作ってくれた抜け道を通ることを恥じているのだ。

「そうね。――分るわ」

と、爽香は言った。「大人はね、ときどき自分のためにすることを、子供のためだ、ってごまかしてしまうのよ」

「うん、そうなんだ」

「和也君には、それが我慢できないのね。そういう気持は大切だわ」

「でも、僕も恥ずかしいことをしてるんだから、偉そうなこと言えないんだけど」

「ね、考えてみて。あなたとお父さん、お母さんは三十歳ぐらいしか違わないのよ。人は四十でも五十でも、欠点もあればいいところもある。和也君もご両親も、八十、九十歳の人から見ればそんなに変らない。ほんの少し、長く生きてるだけよ。大人も、間違ったことをする。和也君と同じにね」

爽香はできるだけゆっくりと話していた。思いつめている和也の気持を鎮められるかと考えたのだ。

「――でも、お父さんは杉原さんのこと、いつもほめてるよ。『よくできた人だ』って」

「それはありがとう。でも、うちじゃそう高い点はつけてもらってないわ」

と、爽香は言った。「お互いに、いいところも悪いところも分って、一緒に暮らしてる。和也君は万引したって言うけど、私の旦那様は人を殺して刑務所に入ってたのよ」

「嘘だ」

と、和也が反射的に言った。

「本当よ。お父さんから聞かなかった?」

「聞いてないよ」

「そう。でも事実なの」

少し間があって、

「――どうして殺したの?」

と、和也が訊いた。

そのとき、あわてて駆けつけて来る笹井の姿が目に入った。

「あ、和也君、お父さんが来たわ。話をしてね」

「うん、でも……」

笹井が息を切らして、

「和也は……」

「大丈夫。今話をしてたんです。——和也君、聞いてる？　お父さんが汗だくで駆けつけて来られたわ」

「あのね、杉原さん」

「はい、なあに？」

「旦那さんのこと、もっと聞きたい」

「そう。まあ……お話ししてもいいけど。だったら、今度会ってゆっくり話してあげるわ。それでいい？　じゃ、ともかくお父さんに替るから、今いる高い所から下りて行ってくれる？」

「——うん、分ったよ」

爽香は笹井へ、

「もう心配いりませんよ」

と、スマホを渡した。

「お騒がせして。——もしもし、和也。お前のことを、姉さんも心配してる。母さんのやり方はよくなかった。母さんには、父さんから、しっかり話すからな……」

スマホで話しながら、笹井は歩いて行った。

爽香はホッと息をついた。

「――チーフ」

と、あやめが言った。「連続ドラマで自殺を止めた人ってあんまりいないんじゃないですかね。〈千夜一夜物語〉のシエラザードくらいじゃないですか?」

「気楽に言わないでよ」

と、爽香はハンカチで額の汗を拭った。

「シエラザードとしては、ちょっと色気が足りませんね」

と、あやめが言った。


「十年前の話だ。関係者を見付けるのは、ちょっと厄介だったがな」

と、松下はコーヒーを飲みながら言った。

当然〈ラ・ボエーム〉のコーヒーである。

「これを飲んでしゃべると、口がよく回るんだ」

「ありがとうございます」

カウンターの奥で、増田が言った。

「それで何か分ったことが？」

　と、爽香は訊いた。

「汐見に詐欺を仕掛けたのには、元町工場を安く買って、人を使って、いかにも仕事をしていると見せかけた連中がいる。しかし、大元はといえば、あそこにマンションを建てたくて策を練っていたのは、大手銀行グループの不動産部門だ。土地を何としても手に入れたかったんだろう。その手の連中を雇った」

「ひどい話ですね」

「バブルのころには珍しい話じゃなかった。ただそのころは、強引で乱暴なやり方から、その手の詐欺が増えていた」

　と、松下が言った。

「でも、あそこはマンションじゃなかったですよ」

「資金不足で、ただのオフィスビルになったようだ」

「汐見さんを騙した連中のことは……」

「その不動産部門にいて、経費水増しが発覚したとき、一人で責任を取らされてクビになった男を見付けた。今でも、よく銀行に姿を見せて、小遣い銭をもらってるアル中の男だ。ちょっと飲ませてやったら、ペラペラしゃべってくれたよ。汚れ仕事を頼んだ連中は、礼金をもらって消えたそうだが……」

「その中に──」

「うん。お前のにらんだ通り、〈M商会〉を始めた武原がいた」

「そうですか！　やっぱり」

「しかし、元はただの詐欺だったが、今度は人が殺されてる。どういうことだ」

「それは訊いてみなければ」

と、爽香は言った。

「訊くって──誰に訊くんだ？」

「それが問題なんですけど。ただ、あの武原勝人の話を聞いて思ったんです。勝人が食べた料理を作った誰かがいるんじゃないかしら、って」

と、爽香もコーヒーを飲みながら言った。

「料理か……」

「話を聞くと、アユ子さんが料理をしたわけじゃないという印象で。今、高橋刑事さんに頼んで、アユ子さんのいたマンションで、何か知っている住人がいないか、当ってもらっています」

「そうか。お前の考えでは──」

と、松下が言いかけたとき、彼のケータイが鳴った。

「──噂をすれば、高橋からだ。──もしもし、どうした？」

話を聞いて、

「ちょっと待て。今、杉原爽香と一緒だ」

ケータイをスピーカーにすると、

「杉原さん、例の今田が見付かりました」

と、高橋が言った。「武原のマンションに入ろうとしているところを捕まえました」

「浜野のことは、何か知ってましたか？」

「いくつか思い当る場所があると言った所へ、部下をやりました。ただ——今田は何だか妙なんです」

「どういう風に？」

「それが、武原と手を切って、新しい人生を始めたい、とか言い出して」

「何か思うところがあったんでしょうかね？」

「よく分らないんですが……。『おいしい料理を食べると、人生が変るんだ』って、大真面目に言ってるんです」

爽香は松下と目を見交わして、

「高橋さん、今田が今までどこにいたのか、調べて下さい」

と言った。

21　虚しい過去

「どいつもこいつも……役に立たない奴ばっかりだ！」

それは典型的な「八つ当り」というものだった。

武原にしてみれば、息子の勝人は警察に押えられており、手が出せない。言うことを聞くはずの今田が、

「新しい人生を始めたい」

などと、わけの分らないことを言い出す。

当る相手がいなくて腹を立てている、というところだろう。

「社長」

と、今田は武原のマンションで、大真面目に言った。「やっぱり、人に怖がられるより、人に喜ばれることをした方が、いい気持ですよ」

「俺に説教する気か！」

と、武原は怒鳴った。

「いえ、とんでもない。でも――俺たち、これから先、どうなるんです?」

「俺が知るか」

「今日や明日のことじゃないんです。十年、二十年たったら、俺だって、もう若くないし、社長だって、もう老人でしょ。人間って、そういう先に何をするか、考えた方がいいと思うんですよ」

高橋刑事が、ちょっと咳払いして、

「武原、ともかく、汐見アユ子が殺された件で話を聞きたい。同行してくれ」

と言った。

「俺がどうして――」

と言いかけた武原は、「勝人の奴に会えるか?」

「ああ、会える」

「じゃあ……。ま、いい。ともかく一緒に行く。待ってくれ」

着替えをして、武原は高橋に促されるままに部屋を出た。

一階へ下りて行くエレベーターの中で、武原は今田を無視して黙っていた。

「ともかく、本当のことを話してもらうぞ」

と、高橋は言った。「昔のことも含めてな」

エレベーターが一階に着き、高橋はロビーに待機していた部下たちを手招きした。

「別々のパトカーで送って行け」

と、高橋が命じると、武原と今田に、それぞれ刑事がついてマンションを出る。

そのとき——黒い車が一台、マンションの前を通りかかった。

そして、窓から突き出た手が、拳銃を発射した。車は一気にスピードを上げて走り去る。

「おい！　追いかけろ！」

と、高橋が怒鳴った。

パトカーの一台が、サイレンを鳴らして追って行った。今田が立ちすくんで、

「今のは——浜野です」

と、上ずった声を出した。

「何て奴だ！」

高橋が叩きつけるように言った。

しかし、もう夕刻で、辺りは暗くなっている。車を追いかけても、発見できるかどうか……。そのとき、もう一台のパトカーのそばに立っていた警官が、

「大変です！」

と叫んだ。

「何だ」

振り向いた高橋は、武原がパトカーにもたれかかるようにして、口を開け、喘ぐように息をするのを目にして、愕然とした。

武原のシャツに血が広がっていた。弾丸が当っていたのだ。

「何をしてる！　救急車だ！」

高橋は怒鳴った。しかし、そのとき武原はパトカーにもたれかかったまま、ズルズルと滑り落ちるように地面に倒れてしまったのだ。


「えらいことになったな」

と言ったのは松下だった。

「言い訳はしません」

と、うつむいている高橋刑事は、見ているのも気の毒なほど、しょげ返っている。

「目の前で撃たれるのを、止められなかったばかりか、追跡しても逃げられてしまった。全くお話になりません」

「運が悪かったですね」

と、爽香は言った。

夜の病院。——救急車で運び込まれた武原は、今手術中だった。

弾丸は、武原の肺にとどまっているということで、心臓でなかったことは救いだったが、重傷であることに変りはない。

爽香は松下と二人で駆けつけたのである。

爽香は高橋に、

「今田という人は、どこにいます?」

と訊いた。

「今田ですか。——あそこに座ってるのがそうです」

と、高橋は廊下の長椅子に、うなだれて腰をかけている今田の方へ目をやった。「目の前で武原が撃たれて、やはりショックで……」

爽香は今田の前に立つと、

「杉原爽香です」

と、ごく普通の調子で語りかけた。

「ああ……。社長が話してた……」

と、今田が顔を上げる。

「一つ教えて下さい。おいしい料理を食べたことで、新しい生活を始めようと思われたそうですが」

「全く……。こんなことになって、自分に腹を立ててますよ。呑気なことを言ったもんだと」

「そんなことはありませんよ。武原さんが撃たれたのは、あなたのせいじゃないし、それに浜野って人は、そんなに銃の名手だったんですか？」

「奴が？　ちっとも！　いつも自分じゃ危いことはやらない男ですよ。ずる賢いけど、度胸のない……」

「そうでしょうね。走ってる車から狙って撃つなんて、まず弾丸は当らないのが普通でしょう。浜野も、たぶん武原さんを脅すつもりだったんだと思いますよ。まさか本当に当ると思わなかったでしょう」

「まあ……そうかもしれないけど……」

「運が悪かったんです、武原さんは。あなたの言うように、今の生活を変えられれば良かったのに」

「俺は……」

「教えて下さい。あなたに、その料理を作ってくれたのは誰なんですか？」

「どうしてそんなことを……」

「とても大切なことなんです。よく知ってる人なんですね？」

「よく、と言っても……。照子っていう女で、以前、アユ子さんのマンションに、料理を作りに来ていたんだ」

「やはりそうですか」

と、爽香は肯いて、「その人の住いはどこです?」

「彼女のアパート? ええと……何と言ったらいいのかな……」

と、今田は何とか思い出そうとしているようだった。

そのとき、松下が爽香の方へ手を上げて見せた。――〈手術中〉の表示が消えている。

少し間があって、扉が静かに開くと、外科医が出て来た。

「――どうですか」

と、高橋が、こわばった顔で訊く。

「弾丸は無事、取り出しました。命の危険はもうないでしょう」

外科医は、額にいっぱいの汗を浮かべていた。

高橋はそれを聞いて、

「良かった!」

と、体中で息をついた。

「取り出した弾丸を――」

と、外科医が言いかけると、妙な音が聞こえて来て、当惑した。

爽香は今田の方を振り向いた。命が助かったと聞いて、今田が何とも言えない呻き声とも唸り声ともつかない声を上げて泣いていたのだった。

「――今田さん」

爽香はしっかりした口調で言った。「武原さんは助かったんです。生き延びて、これまでとは違う生活を始めるチャンスを手に入れたんですよ」

「俺はただ嬉しくて……」

「その気持はよく分ります。今はなおさら、照子さんという人に会う必要があります。思い出して下さい。その人のアパートの場所を！」

爽香は、今田の肩をつかんで揺さぶった。今田はやっと涙を拭って、照子のアパートの場所を何とか思い出した。

「分りました」

爽香は今田を励ますようにその肩を叩いた。

「――松下さん」

「聞いたぞ。照子っていうのか、その女」

「どう事件に係ってるか分りませんけど、少なくとも話を聞く必要はありますね」

「明日、俺は外せない用があるんだ」

「大丈夫です。私一人で行きますよ」

「しかし、いいか、汐見アユ子も殺されてるんだぞ」

「承知しています」

と、爽香は肯いた。「それに私、ちょっとした考えがあるんです。それが正しいという自信はありませんけど」

「まあ、止めてもむだだろうな。――くれぐれも用心しろよ」

爽香はエレベーターへと行きかけて、今田の方を振り返った。まだしゃくり上げるように泣いている。

これから新しい生活を始めるとしても、今までの時間、過した日々は戻らないのだ。同情しようとは思わないが、哀れではあった。

さあ、今は……。考えなければならないことは色々あるが、今は家へ帰ろう。

「珠実ちゃんに電話しとこう」

爽香はエレベーターの前で、ケータイを取り出した。


「何かご用ですか？」

爽香にそう声をかけて来たのは、エプロンをつけた中年の女性だった。爽香を怪しんでのことではなく、何か用事があるのかと思ったようだ。

「いいえ」

と、爽香は微笑んで、「ただ、ちょっと中の様子が見えたもので。子供さんたちが、本当においしそうに食べているので、つい見とれてしまいました」

「そうですか」

と、その女性も笑顔になって、「入り切れなくて、待っている子が何人もいるんですよ。みんな、そこで遊んでます」

そこはプレハブの建物で、〈こどものごはんの家〉という手作りのパネルが掛かっていた。

「すてきですね。皆さんボランティアで？」

「ええ。学校の給食だけが、ちゃんとした食事、という子がいくらもいます。お母さんが働いても、三食食べられないとか……。お役所が、しっかり対応してほしいと思いますけど、予算が、と言われてしまうんですすよ」

と、その女性はため息をついた。

爽香は、窓の中に見えている光景を眺めて、

「おかわりをもらう子が沢山いますね」

「ええ、そうなんです。待ってる子がいるので、おかわりは一回だけにしてあります。今日は特別なんですよ」

「というと？」

「あの、子供たちにお皿を渡している人が――。週に一度、あの人が料理をこしらえに来てくれるんですけど、それが凄くおいしいので、大人気なんです」

「まあ、そんなに？」

「ええ。いつもと変らない食材しかないのに、照子さんの手にかかると、本当においしくなるんです。私どもも、ふしぎで」

やはり。あれが「照子」なのだ。

今田から聞いたアパートを訪ねると留守で、隣の部屋の住人が、この食堂のことを教えてくれた。

そして、表からプレハブの中を見て、あれがきっと「照子」だろうと察していたのだ。

「とても有名なレストランで働いてるそうですけどね。週に一度、お店が定休日だというので、ここへ来てくれるんです。子供たちも分っていて、早く来て並んだりして……」

夢中になって食べている子供たち。そして食べ終ると、食器を運んで、すぐに出て来る。代りに入って行く子も、ちゃんと順番を心得ているのだ。

中から呼ばれて、エプロンの女性は、爽香へちょっと会釈して駆けて行った。

照子がアパートに戻って来たのは、もう辺りが暗くなりかけるころだった。

玄関の前に立っている爽香に、

「あの……」

「突然申し訳ありません」

と、爽香は言った。「あなたにお伺いしたいことがあって。杉原爽香といいます。

──私、汐見さんから、亡くなる前に、お話を伺っていて」

「汐見さんから……。そうですか」

照子は、さほど驚いた様子もなく、玄関の鍵を開けると、

「どうぞ」

と、爽香を中へ入れた。

「──話の前に、訊いておきたいのですけど」

と、爽香は和室の座布団に座ると言った。「あなたの本当の名前は、米川由衣さんでは？」

手早くお茶をいれると、爽香に向い合って正座し、

「はい。確かに、私は米川由衣です」

と言った。「汐見さんから私のことを？」

爽香は、たまたま病院で汐見から声をかけられ、由衣についての話を聞いたいきさつを説明した。

「偶然ですけど、汐見さんが亡くなる直前にお会いして、もしあなたに会うことがあったらと言われたんです。昼間、あなたが子供たちのために食事を作っている姿を見ていて、汐見さんから聞いた女の子の姿と重なりました」

「そうでしたか」

と、照子——いや、米川由衣はちょっと目を伏せて、「汐見さんが亡くなったことは知っていましたけど……。私のことをそんなに気にしてくれていたんですね」

「それで、今日こうして伺ったのは——」

と、爽香が言いかけたとき、玄関のドアが勢いよく開いて、

「お母さん、ただいま！」

と、男の子がバッグを肩に、入って来た。

「早かったのね」

と、由衣は言った。

男の子はバッグを投げ出すと、

「ちょっとサッカークラブに顔出して来る」

と言って、「お客さん？」

「いいのよ。行って来て。あんまり遅くならないでね」

「うん。晩ご飯、食べるよ！」

中学生だろうか、スラリと背の高い少年は、そのまま駆け出して行き、玄関のドアはバタンと閉った。爽香は、

「お子さんが？」

「ええ。すみません、うるさくて」

「いえ、別に……」

「寄宿舎に入ってるんですけど、ときどき帰って来るんです」

と、由衣は言って続けた。

「あの子の父親は汐見さんです」

22 歳月

「あの施設では、卒業の日の前の夜に、みんなでお別れの会をしてくれます」
と、由衣はお茶を飲みながら言った。「私のときも、もちろん。そして、夜、みんなが寝静まるのを待って、私はそっと施設を脱け出しました。あのころ汐見さんは奥さんを亡くされて、施設から五分ほどのアパートに一人で暮していました」

由衣はちょっと遠くを見るような目になって、

「私が訪ねて行くと、汐見さんはびっくりして、何ごとかと起きて来ました。そして——私は汐見さんに迫りました。汐見さんは仰天して、もちろん、『だめだ、だめだ！』とくり返して逃げ回りましたけど、私は若いし体力もあります。汐見さんを押し倒して……」

由衣は思い出して笑顔になると、

「大変でしたよ！　もう六十過ぎですしね。でも私、諦めませんでした。頑張って頑張って、とうとう思いをとげたんです。私がアパートを出るときも、汐見さんは呆然として天井を見上げていました」

　爽香は肯いて、

「それで、あなたは施設を出ると、行方をくらましてしまったんですね」

「汐見さんを悩ませたくなかったんです。私はできるだけ施設から離れて仕事を見付けました。でも、まさか……。あのたった一度で妊娠するなんて！」

　と、由衣は目を見開いて言った。「でも、身ごもったと分ると、私は絶対に汐見さんに迷惑をかけずに、産んで育てようと決心したんです」

　由衣はちょっと笑みを浮かべて、

「杉原さん。私のこと、美人だと思います？」

　と訊いた。

「ええ、もちろん。そうして普段着でいてもとてもきれいですよ」

「ありがとうございます。十八歳の私も、自分でそう思ってました。出産までにお金を貯めなくてはと思い、かなり高級な感じのバーへ飛び込んで、雇って下さい、と頼んだんです。そこのママはびっくりしてましたけど、私に仕事用のドレスを着せて軽く化粧をすると、即座に採用してくれたんです。――施設で育つと、色んな大人の相手をするので、お客を喜ばせるのはお手のものでした。出産が近くなるまで半年余り、稼いだお金で、出産の費用には充分でした」

由衣はお茶を飲み干すと、

「もう少しいれましょうね」

と、台所へ立って行った。

「私、もともと料理が好きで、施設でもよく作っていました。出産の後、戻ったバーで、おつまみを作っていたんですが、あるとき、お店にみえたお客さんが、『これは誰がこしらえたんだ？』と訊いたんです。レストランチェーンのオーナーで、私を自分のお店に来ないかと誘って下さいました……」

「お料理の腕は大したものだそうですね」

「いくつかお店を変り、その都度色んなことを学びました。今は高級フレンチの店にいますが、今日のような子供たちのために、安い食材で工夫するのが一番の楽しみです」

「よく分ります」

「でも――そんな私の身の上話をお聞きになりたいわけではないのですよね」

由衣は座り直した。

「教えて下さい。なぜ汐見アユ子さんが殺されたのか。アユ子さんを知ってたんですよね？」

由衣は何度か肯いてから、辛そうに、

「あの施設で一緒でしたから。アユ子ちゃんは、おっとりしてて、本当に気のやさしい人だったんです」

と言うと、大きく息を吸い込んで吐くと、

「——私はしばらく正士《まさし》を育てるのと料理の仕事で手一杯でした。アッという間に何年もが過ぎていました。正士が小学校を卒業したとき、私、あの施設を見に行きました。そして——影も形も失くなっているのを見て唖然としました」

「それまで何も？」

「汐見さんに連絡したいと思ったことはあります。『私、こんなにちゃんとやってますよ』って言ってあげたかった。でも……。そして、その近くで、バッタリとアユ子ちゃんに会ったんです」

と、由衣は言った。「私と分ると、ワッと泣きながら抱きついて来て……。私は、アユ子ちゃんとその夜、ずっと話をしました。そして知りました。施設が騙し取られ、汐見さんが生きる気力を失っていること……」

由衣は少し間を置いて、厳しい表情になると、

「私は——どうしても放っておけなかったんです」

と言った。「私には、お店のお客に色んな人がいて、施設が騙し取られた件についても耳にしていた人が。その人の話を手掛りに、私は事件に係った人間たちのことを調べ出しました」

「武原のことですね」

「ええ。もちろん、武原を雇って、汚ない仕事をやらせたのは、銀行や不動産大手でしたが、直接汐見さんを騙したのは……。あんないい人を！」

と、声を詰まらせた。

「仕返ししようと思った？」

「黙ってはいられませんでした。もちろん私たちでできることは限られています。でも、少なくとも、武原たちに、『あんなことをして悪かった』と言わせたかったんです」

由衣はそう言って、肩を落とすと、「それが……まさかあんなことになるなんて……」

「私もたまたま係ることになったんです。詳しいことを……」

「汐見さんが入院しなければいけなくなって、アユ子ちゃんは仕事を探していました。私は以前のバーのつながりで、アユ子ちゃんをクラブで雇ってもらうことができました。ああいうおとなしい子は年輩の人に人気があるんです」

と、由衣は言った。「私は武原に会ったことがありませんでしたが――」

「あら！　武原さんじゃない！」

由衣は、ホテルのロビーですれ違いざま、武原の肩を叩いた。

振り返った武原へ、

「何よ、あれっきり声もかけてくれなくて。私、ずっと待ってたのに！　私のこと憶えてないの？〈R〉のユキよ。冷たいのね、あんなにやさしくしてあげたのに」

と、口を尖らして言うと、武原は曖昧に笑って、

「いや……。忘れちゃいないよ。ただ――ちょっと忙しくて、外国へ行ったりして、バーで酔っていれば、ろくに憶えていないことなど珍しくない。

「私ね、今度ここへ移ることになったの。ぜひ来てちょうだい。ね？」

と、クラブの名刺を渡して、

「きっと来てね！　絶対よ！」

と、武原の頰にキスした。

「ああ、きっとね……」

武原は、そのインチキな名刺をポケットへしまい込んだ。そのクラブはアユ子が入った所だった。


「実際、一週間もしない内に、武原はアユ子ちゃんのいるクラブにやって来たんです」

と、由衣は続けた。「私がいなくて、ふしぎだったかもしれませんが、プロ意識の高い子が揃っているクラブで。――苦労することなく、アユ子ちゃんは武原のお気に入りになりました」

由衣は、また表情を曇らせて、

「もう一人、アユ子ちゃんの友達で、汐見さんの所ではありませんが、やはり施設で育った子が、汐見さんのことを聞いていて、力になると言ってくれたんです。それが井出温子さんでした」

「私が駅のホームで偶然ぶつかった人ですね」

「本当に、後で知って……。ふしぎなことってあるものですね」

と、由衣は肯いた。「でも、そのせいで、温子さんは……」

「あなたの考えでは、武原をどうしようと……」

「それは武原のことをよく知ってから考えるつもりでした。そしたら、武原がすっかりアユ子ちゃんを気に入ってしまい、クラブを辞めさせてマンションに住まわせるということになったんです。驚いて、アユ子ちゃんがどうするか、話したのですが、クラブ勤め以上のお金も入って、汐見さんの病院も、もっといい所へ替れるというので、アユ子ちゃんは武原の望み通りにしたんです」

「それで、武原の息子さんのことも――」

「ええ。家庭内の事情も分って来ました。私は本業が休みのとき、アユ子ちゃんのマンションへ、〈照子〉の名で、家事を手伝いに入るようにして、話を聞きました」

「武原に一番こたえるのは、息子のことでしょうね」

「そして、息子の勝人も、アユ子ちゃんに夢中になっていたんです。武原や息子をどうこうしようと思ってはいません。けがさせたり殺したりなんて、自分たちの人生を台なしにするような仕返しをするつもりなどありませんでした。でも父と息子で同じ女性に恋しているとなれば、武原に大きなショックを与えられるでしょう。――それで充分でした」

と、由衣は言った。「最後には、武原に私たちの過去を教えて、後悔させようと。人を苦しめた報いに、自分が苦しめられるという思いをさせたかったんです」

「でも、その計画が思いがけないことになったんですね」

「そうなんです」

由衣は首を振って、「武原を恨んでいた浜野という男のことを全く知らなかった。今田を知ってはいましたが、今田も身内のもめごとについては、アユ子ちゃんにも話していなかったんです」

「そして浜野もまた、武原勝人を狙っていた……」

「そうだったんですね。もっと詳しく調べておくべきでした。でも……」

と言いかけて、由衣はちょっと息をつくと話を戻して、

「武原が、大きな会合で東京を離れることを知って、いい機会だと思いました。アユ子ちゃんが食事に、と誘えば、もちろん勝人は飛んで来るでしょう。そこで勝人が頭に血

が上ってアユ子ちゃんを襲う。――武原がそれを知ったら……。でも、もちろん勝人はアユ子ちゃんと争えるほどの体力はありません。私はその日の食事も、ちゃんと用意しておきました。そして、アユ子ちゃんが勝人の食べる分に、薬を入れる。違法すれすれの薬物を混ぜると、結構幻覚作用が起ると、勤めていたバーで聞いていました。あの夜、私と温子さんはマンションの近くで待機して、薬の効果が出て来たら、アユ子ちゃんから連絡が来ることになっていたんです。錯乱している勝人がアユ子ちゃんに襲いかかった、という場面をこしらえて、スマホで撮っておく。アユ子ちゃんが武原に泣いて訴えるという筋書きでした。でも……」

由衣はしばらく間を置いて、

「アユ子ちゃんから、なかなか連絡が来ないんです。薬があまり効かなかったのか、それとも……。二人で心配していると――。突然マンションから、男が三人、飛び出して来たんです。一人が浜野だったことは、後で分りました」

由衣は厳しい表情になって、

「浜野は腕から血を流していました。そして男たちは停めてあった車に飛び乗ると、走り去って行きました」

「それでマンションの中へ――」

「ええ。鍵は持っていましたから、二人で大急ぎでアユ子ちゃんの部屋へ駆けつけました。――そして、想像もしていなかった光景が……」

「アユ子さんが刺されていたんですね」

由衣は肯いて、

「救急車を呼ぼうとしましたが、アユ子ちゃんはもう助からないと悟っていました。アユ子ちゃんは、浜野が勝人を刺そうとするのを止めようとして刺されたんです。そんなこと……。放っておけば良かったのに。でも、とっさに止めようと……。アユ子ちゃんらしい行動でした」

由衣は涙を拭って、「アユ子ちゃんはびっくりしている浜野の刃物をつかんで、押し戻したんです。そのとき浜野の腕に切りつけていて……。男たちは逃げ出しました。勝人は半分意識を失くした様子で床に座り込んでいました。そして――それだけ話すと、アユ子ちゃんはそのまま倒れて動かなくなったんです」

由衣はしばらく息をついて、「そして目についたんです。アユ子ちゃんの血で染ったテーブルクロスが」

と言った。

23　溝と絆

目を開けても、しばらく武原はそばにいるのが誰なのか、分らないようだった。

「──父さん」

という声を聞いて、武原は、

「勝人か……」

と言ったが、その声に、勝人はショックを受けて震えた。

肺を撃たれていた武原である。声は細く、かすれて消えてしまいそうだった。──そんな弱々しい父親を、勝人は見たことがなかったのだ。勝人は泣き出した。

「おい……」

武原は呆れたように、「まだ死んじゃいねえぞ」

と言った。

そこへ、

「何とか命がつながって良かったな」

と、ベッドの方へやって来たのは高橋刑事だった。「死なれちゃ困るところだったよ」

「あんな……浜野なんかに撃たれるとはな」

と、武原はちょっと舌打ちした。「あいつは――」

「女の所へ逃げ込んで、一一〇番されたんだ。騒いじゃいたが、抵抗はしないで逮捕されたよ」

「そうか……。良かった。――勝人、安心しろ」

「父さん。アユ子さんが僕の代わりに……」

「ああ。あの子のおかげだな」

「その遺体を、マンションから運び出したんだな？　息子の命の恩人なのに」

「それは……勝人が疑われたら、と不安だったからだ。ありがたいとは思ってた」

「その事情を知らないだろう」

武原は勝人へ目をやって、

「お前も聞いたな。あの杉原爽香って女から」

「うん。――どうしてあんなことになったのかもね。十何年か前に父さんがしたことも」

「俺は自業自得だ。勝人、お前を大事にしようと思って、俺は金になることを何でもやった。そのせいで大勢の子供が泣くことになっても、知ったことじゃないと……」

「いずれ、じっくり話は聞く」

と、高橋は言った。「今は静かに寝てろ。ただ、自分がこれまでやって来たことを、よくかみしめてな」

高橋が病室を出て行くと、勝人は父親の手をそっと握ったが、すぐに放して、

「僕が謝ってくるよ」

と言った。「今さら、何かできるかどうか分らないけど。だって、父さんも母さんも、こうして寝込んじまって、僕がしっかりしないと……。ね、そうだろ?」

武原は口元に笑みを浮かべて、

「そうだな……。お前を頼りにしなくちゃならない。――お前を一人前に見てなかった。まだ死なないからな、俺は。急がなくていい。一人で歩けるようになってくれ……」

「うん」

勝人は何度も、しかし心細げに肯いて見せた。


「ちゃんと続きを聞かせて!」

と、珠実が口を尖らして言った。

「食事中でしょ」

と、爽香は言った。「そんな気の重くなるような話。それに、まだ中学生なんだから」

「もうじき高校生！　大体、お母さん、今になって私に普通の十五歳になれって言うの？　無理だよ」

珠実の言葉に、テーブルには笑いが起った。

「爽香さん、珠実ちゃんにはかなわないわよ、もう」

と、笑顔で言ったのは栗崎英子だった。

爽香の一家に、英子と久保坂あやめが加わって、英子のなじみの洋食屋で夕食をとっていた。九十三歳の英子が、しっかりメンチカツを平らげている。

「――分りました」

と、爽香はため息をついて、「米川由衣さんと井出温子さんは、汐見アユ子さんの血を吸ったテーブルクロスに気が付いたんです。そして、アユ子さんのものじゃない血が飛んでいることも。それは犯人のものでしょう。分析すれば、動かぬ証拠になる。でも、そのまま置いておいてはどう扱われるか分らないし、由衣さんたちは浜野のことも知らなかったので、温子さんがテーブルクロスを持って行くことにしたんです」

「そのせいで、また悲劇が起きたわけだな」

と、明男が言った。

「ええ。由衣さんたちも、犯人が戻って来るかもしれないと用心してはいたのね。でも、勝人を放っておくわけにもいかないので、勝人のケータイで武原に連絡して、名のらずに、アユ子さんが死んだことだけ伝えたんです。——武原が誰かを寄こすだろうと思ったので、由衣さんたちはマンションを出た。そのとき、浜野の子分が二人、様子を見に戻って来て、由衣さんたちが殺人現場のことを話しているのを聞いて、子分の一人が後を尾《つ》けたんです。でも、二人がすぐに分れたので、温子さんの方を尾行することに」

「で、もう一人の子分が、勝人を連れ出したんですね」

と、あやめが言った。

「浜野にそう言いつかってたのね。一方、武原の指示で、今田が何人か連れてマンションへやって来たとき、勝人はもういなかった。アユ子さんの死体を、ともかくマンションから運び出して、彼女が使っていた車に移したんです」

爽香は、食事を続けながら、「珠実ちゃんも、しっかり食べなさい！」

「はいはい。でも——もう残ってないよ」

「付け合せのお野菜があるでしょ」

「ソースでべちゃべちゃになってんだもの」

「じゃあ……いいわ。私一人、食べてる？」

爽香は急いで食べ切ると、デザートを注文した。そして、椅子をちょっとずらして立ち上ると、

「一人、この席に加わっていただいてもいいですか？」

と、言った。「米川由衣さんです」

少し離れたテーブルから、男の子を連れた女性が立ち上って、爽香たちの方へやって来た。静かに頭を下げると、

「米川由衣です。これは息子の正士で」

「まあ、どうぞご一緒に」

と、英子が微笑んで、「あなたのお店にすれば良かったかしら」

「いいえ、息子はフレンチなんか食べません。ハンバーグやハヤシライスでないと」

と、由衣は言って、椅子をつめてもらい、同じテーブルに二人で加わった。「デザートもオーダーしました。正士は食べ足りないかもしれませんけど、寄宿舎に帰るからね」

「もう一度、晩飯食べる」

「男の子ね」

と、珠実が笑って言った。

「お話はずっと聞こえていました」

と、由衣が言った。「爽香さんのお話で聞くと、ずいぶん危いことをしていたんだな、とゾッとしました。私のせいで――アユ子ちゃんも温子さんも。高橋刑事さんには何もかもお話ししてあります」

「母さん、刑務所に入るの？」

「さあ……。やってはいけないこともずいぶんやったからね」

「とんでもない！」

と、英子が力強い声で言った。「罰せられるべき人は他にいます。由衣さんは大丈夫。私が保証します」

「ありがとうございます」

「その代り、あなたのお料理を食べさせて」

「もちろんです」

爽香が苦笑して、

「栗崎様。九十代の胃袋を大事にして下さいね」

と言った。


「――まだ薬で意識がはっきりしていない勝人を連れ出したとき、浜野の子分はテーブルクロスが失くなっていることに気付いたんでしょう。井出温子さんの住いを知られてしまったのが不運でした」

と、爽香がコーヒーを飲みながら言った。

「どうしたものか、ずいぶん迷ったんです」

と、由衣が言った。「殺人事件があったわけですし、犯人も見ている。でも、警察へ通報して、色々事情を説明しても、納得してもらえるとは思えませんし」

「浜野のことも、そのときはまだ知らなかったのですものね。マンションから出て来た顔は見ていたけど」

「そうなんです。ともかく、武原がどうしようとするか、その出方を見て、どうするか決めようと思いました。そして私は武原のところに料理を作りに行くことになって、そこで初めて、アユ子ちゃんを殺したのが浜野という男だと知りました」

と、由衣は言った。「前もって知っていれば……。悔んでも悔み切れません」

「武原はテーブルクロスのことを……」

「やはり失くなっていることに気付きましたが、誰が持ち去ったか分らないので、困っていました。そして、息子も姿を消してそれきりです。温子さんと相談して、大切な証拠品のテーブルクロスを一旦どこかに隠そうということになりました。温子さんが旅に出る用事があったので、そのときに古くからの友人に預けるつもりでした。その列車に乗るときに――」

「私と出会ったんですね」

と、爽香は言った。「温子さんは名前のように温い人でしたね。駆け落ちと言っていたのは冗談だったんでしょうけど」

「付合っていた彼氏と旅先で落ち合うことになっていたんです。それで駆け落ちだなんて言ったんじゃないでしょうか。でも、浜野の子分が、温子さんを追って来ていて、彼女も列車の中で、誰かに監視されているのに気付いたんです。私にメールで、〈テーブルクロスを隠す〉と言って来ました。危険を感じて、ともかく包みを棚の上に置いて行き……。それを知らなかった男に殺されてしまいました」

「武原は、アユ子さんを殺したのが浜野だと察して、浜野の手の連中の出入りする場所を見張らせていたんです。それで、温子さんを尾けている男を見ているとき、駅のホームで私が包みを拾うのを目にして、私がそれを持っていると思ったんですね」

と、爽香は言った。「でも、妙な成り行きで、包みは全く係りのない安東夕加さんという女性に。売りつけられた武原は金だけ払って、包みは浜野に持って行かれてしまったんですね。でも、武原が値切ったものだから、安東夕加さんは、テーブルクロスを半分に切って渡したんです。おかげで、浜野の血が飛んだ部分は、安東夕加さんの手元に残っていたんです」

「しっかりしてる」

と、あやめが苦笑した。「浜野はテーブルクロスをすっかり処分したつもりでいたのでしょうね」

「安東さんが欲を出したおかげで証拠が残ったわけで、いいこともあるんですね」

と、爽香は言った。「ともかく、浜野は、アユ子さんを殺した罪については逃れられません」

「せめてもの慰めです」

と、由衣は静かに言った。

爽香は肯いて、

「ともかく、後は警察に任せるしかありませんね。高橋刑事さんは色々失敗もあったので、とことん浜野や武原たちを追及するでしょう。ただ心残りなのは、由衣さんたちの悔しい記憶について、武原がどこまで後悔しているのか……」

すると、由衣が言った。

「実は今日、こちらへ来る前に、病院で武原に会って来ました」

「そうだったんですか。話はできました？」

「担当のお医者様が、『五分くらいなら』と許可して下さって。——武原も、今回の事件の原因が、汐見さんを騙したことにあると聞いていて、もちろん寝たままですが、『申し訳なかった』と言っていました」

「回復したら、改めてはっきりさせることになるでしょうね」

「それが……。病室を出て、帰りかけると、呼び止められて。勝人さんが立ってたんです。そして、床につくかというくらいに深々と頭を下げて、『父に必ず償いをさせます』

と、泣いて言いました。いつも父親のことを『パパ』と言ってたのに、『父に』と言うのを聞いて、少し大人になったんだと思いましたね。私は黙って肯いただけで帰って来たんです」

由衣は隣の息子を見て、「今の私には、この子を立派な大人に育てることが生きる目的です。それが汐見さんへの恩返しだと……」

「ともかく――」

と、英子がテーブルを見渡して言った。「生き延びた人は、死んだ人の分まで生きるのよ。――今回も、爽香さんが無事だったことに感謝したいわ」

ごく自然に拍手が起った。珠実が、

「でも、どうせ来年になったら、また何か起るんだよね」

と、ため息をついて、「少しは子供の身にもなってよね」

24　明りの下へ

社長室へ向っていた爽香は、向うからやって来た笹井と出くわした。

「あ……」

と、笹井は足を止めて、「どうも……」

爽香は黙って会釈すると、そのまますれ違おうとしたが、

「杉原さん」

と、笹井が呼び止めて、「色々ご迷惑をかけました」

「いえ。――その後、友美さんと和也君は大丈夫ですか？」

「和也はよく杉原さんの話をしています。でも、家内の前ではあまり口にしません。家内は爽香さんにやきもちをやいてるんです」

「そんなこと……。和也君は頭のいい子ですね。打てば響く感じで、お話ししていると気持いいです」

和也との約束で、爽香は明男の過去について話してやった。和也は面白がって聞いて

いるようだったが、聞き終ると、改って、

「ごめんなさい」

と、頭を下げた。「とっても苦しい思いをしたんだよね。それも分らないで、話をさせちゃって」

「いいのよ。他の人が悩んでいるときに、少しでも役に立てば」

「ありがとう。僕も無理をしないで、好きなようにしようと思ってるんだ」

「いいじゃない。もう中学二年生？　大人って言ってもいいわ」

「そうかな。――あのね、最近、クラスの女の子見ると、つい胸とかお尻にばっかり目が行くんだ。これ、秘密だよ」

爽香は笑って、

「ほとんどの子は同じ秘密を抱えてるんじゃない？　悩みがあったら――」

「杉原さんに相談してもいい？」

「え……。まあ、もし何かあったらね」

相談相手か。――憧れの対象にはならないよね、やっぱり、と爽香は思ったのだった。

――笹井と別れて、社長室へ。

「失礼します」

と、ドアを開けると、ちょうど出ようとした祐子と顔を突き合せていた。

「どうも――」

「失礼。あなた、よろしくね」

祐子は田端の方を振り向いてそう言うと、

「それじゃ」

と、爽香にニッコリ笑いかけて出て行った。

「お呼びですか」

「かけてくれ」

祐子と係りのある何か？　あの息子、良久のことだろうか。

「察しがつくだろうが、祐子が、例の演劇祭を実現させてくれと……」

「そうですか」

と、ため息をつく。

「良久も、この前のホテルでの醜態については恥ずかしいと思ってる。もちろん、君が呆れるのも分るが……」

あれ以来、良久から何も言って来ないので、諦めたのかと思っていた。

「私がどう思うか、ではなくて、現実に予算を立て、実施するには、一年二年かかりますし、それを承知で――」

「承知だ」

「では……何とかプランを立てませんと」

あくまで反対すれば、祐子は爽香を恨むだろう。「私は素人です。その世界のプロに任せないと、とても片手間でできることではありません」

「うん。君の方で捜してくれるか」

「何とか見付けます。ある程度の時間が必要ですので、それを祐子さんに」

「うまく伝えるよ」

こうなったら仕方ない。信頼できるプロを頼もう。――そこで思い付いたのは……。


「もしもし」

「やあ、久しぶりだね！」

少しも変らない明るい声が聞こえて来て、爽香はホッとした。

「今、大丈夫？　どこにいるの？　パリ？」

「う―ん……。どっちかというと、もう少しそっちに近い」

「それじゃ――」

リン・山崎《やまざき》はちょっと笑って、

「六本木《ろっぽんぎ》の辺りさ」

と言った。

「え？　東京にいるの？」

世界的に知られた画家、イラストレーターのリン・山崎は、爽香と小学校での同級生。これまでにも色々と縁があった。

「舞《まい》がね、子供を日本の学校へ入れたいと言ってね。君は相変らずかい？」

「それって、どういう訊き方？　――一つお願いがあって電話したの」

「何だい？　君のヌードならもう一度描きたいけどね」

「もう五十一よ。冗談やめて。ただね、いつか、あの絵を舞台美術に使ってオペラを上演するって話が……」

「うん、好評だったよ。招待しようと思ったのに、君、来なかったろ？」

山崎の描いた爽香のヌードは、デジタル化されて、海外でのオペラの舞台一杯に引き伸ばされたという。映像をもらっていたが、とても見る気になれなかった。

「実はね、ちょっと厄介な事なの」

爽香は、田端から頼まれた演劇祭について説明すると、「――その方面のプロを誰か紹介してくれない？　もっとも、あんまり有名な人じゃ、とてもギャラが出せないけど」

山崎は少し考えていたようだったが、

「分った。日本で仕事をしてるプロデューサーがいいね。心当りを当ってみるよ」

「ありがとう！　忙しいのに悪いわね」

「いやいや、君のあの絵で、ずいぶん稼がせてもらってるからね」

「もう何を言われても平気よ。――舞さん、元気？」

「ああ、ダイエットして、少しやせたんだ。見てやってくれ。ああ、今度個展をやるから、案内するよ」

「拝見したいわ。じゃ、よろしく」

――かつて明男に想いを寄せていた舞だが、今はリン・山崎の妻として活動していることは、爽香も知っていた。

山崎なら、爽香の抱える問題を理解してくれるだろう。――爽香はやや安堵して、本来の仕事に向うことができた……。


夜、七時ごろ帰り仕度をしていると、ケータイに着信があった。

「――杉原さん。篠原純代です」

「ああ、どうも。あの――友美さんのことで何か？」

「お詫びしなければいけないことが……」

純代は沈んだ口調で言った。

「私に、ですか？」

「いえ、実は……。私、逮捕されると思うんです。違法薬物の仕入れに係っていて。そのお使いを、何度か友美ちゃんに頼んでいたんです」

「そんなことじゃないかと……」

「今田みたいな男と係って、いい稼ぎになったので、つい……。友美ちゃんは何も知りません。巻き込むつもりはなかったんですが」

「しっかり巻き込んでるじゃありませんか。警察で、本当のことをちゃんと説明して下さい。それ以外には……」

「よく分っています。ただ――杉原さんから友美ちゃんに伝えてほしいんです。申し訳ないと思ってるって」

「それはご自分で――」

「お願いします！」

と言ったきり、切れてしまった。

爽香はため息をついて、

「私はメッセンジャーボーイじゃないぞ」

と呟いた。「申し訳ないと思うんだったら……。え？　――まさか」

放っとけばいい、と思いながら、外へ出ると、爽香は冷たい風に首をすぼめて、

「全く、もう！」

と言いつつ、ケータイで笹井友美へかけてみた。

もちろん、取り越し苦労ではあるだろうが。

「あ、友美さん？　杉原爽香よ。ね、篠原純代さんのマンション、分るでしょ？　連絡してみて。もし出なかったら、救急車に行ってもらって。彼女が死のうとしてるかもしれない」

万に一つ。でもそんなこともあり得る。

「分りました！」

友美が上ずった声で言った。「すぐ連絡します！」

よろしくね、と爽香は口には出さず、通話を切ると、ケータイをバッグに戻した。

もう、これ以上やれることはない。

「早く帰って、熱いお風呂に入ろう」

と呟いてから、「あ、ご飯食べなきゃ。出前取るかな……」

地下鉄の駅へと向う爽香の足取りは、風に追われるように速くなっていた。

――八時少し前に帰宅すると、

「お母さん、〈うな重〉取ってあるよ」

と、珠実が玄関に出て来て言った。

「ありがとう！　気が利くわね」

「これから食べるの。手を洗って来て」

「はいはい」

爽香はあわててコートを脱いだ。――爽香の帰りを待っていてくれたのだろう。〈今から電車〉とメールしておいた。

「おい、友美ちゃんって子からうちに電話があったぞ」

と、明男が言った。「そっちへかけたけど出なかったって」

「え？　ああ、私、電車で座れたんで、眠っちゃったの。何だって？」

「間に合いました、ってさ。泣きながらお礼言ってた」

「そう。良かった」

「お母さんって、そういう勘は働くんだね」

珠実の言葉に、

「何か言いたいことでも？」

「別に。でも、もしクビになっても、占い師でやってけるね、ってお父さんと話してた」

爽香は、何とも言いようがなく、

「いただきます！」

と、まだ温い〈うな重〉のふたを開けて、「いい匂い！」

と息をついた……。

夜中に叩き起こされないためには——。

ケータイを枕もとに置かないこと。あるいは電源を切っておくこと。

それはよく分っていたのだが……。爽香には「どうしても出なければならない」連絡も入ることがある。

よほどくたびれているときはともかく、「どうか鳴りませんように」と、おまじないをかけて(?)ベッドに入るのだった。どんなおまじないか？　それはともかく——。

午前三時だった。爽香は目を覚まして、手を伸し、ケータイをつかんだ。

「誰からだ？」

隣のベッドで明男も目を覚ましている。

「瞳ちゃんだ。——もしもし」

姪の杉原瞳だ。何ごとだろう？

「爽香さん、どうしたらいいか分らなくて」

と、瞳が震える声で言った。

「どうしたの？」

「美沙子がいなくなっちゃったの！」

「美沙子って――石川さんね？」と言って、爽香は、瞳と親友の石川美沙子の二人が、歌手として来年の春にオペラ〈フィガロの結婚〉に出ることになっているのを思い出していた。

「ええ、同じ部屋なんだけど、さっき起きたら、美沙子がいなくなってて……」

「待ってよ。ええと……今、オペラの研修で合宿みたいなことしてるのよね」

話しながら思い出して来た。

二人にとって、実際のオペラの舞台に出るのは初めて。ソプラノの瞳と、メゾ・ソプラノの美沙子は別々の役どころだが、ともかくプロから厳しい指導を受けているのは知っていた。

その合宿所になっているのが、たまたま爽香の住いの近くの古い旅館だったのだ。そのこともやっと思い出して、

「落ち着いて。何か美沙子さんが姿をくらますような理由があったの？」

「今日の演技指導の先生が、もうめちゃくちゃ厳しくて。私は出番少ないから大したことなかったけど、美沙子は大きな役だし、しかも少年の役でしょ。歌は大丈夫でも、演技は……。役者じゃないから、一つ一つ、細かいところまで怒鳴られまくって。大分落ち込んでたの、美沙子」

確かに、オペラでは歌さえ歌えればいいというわけではない。ドラマの中で、しっか

り演技をしなければ、「オペラに出た」ことにならない。

「どこかに行くとか——」

「それが、メモがあって……。ひと言、〈捜さないで〉とだけ」

爽香は息をついて、

「そう。それは心配ね」

「私、これから捜しに出るけど……」

「私にも来てくれって?」

「ええと……。たまたま近くだし……」

「分った。行くわよ。十分待って。そこの旅館なら知ってる」

「ごめんね、爽香さん」

もちろん、何でもないのかもしれないが、瞳が美沙子のことを気にするのは分る。自分の代りに美沙子が間違って刺され、重傷を負った事件があったからだ。

爽香が仕度していると、明男も起き出した。

「明男、寝てていいよ」

「心配で、どうせ眠れない」

——二人は深夜に揃って出かけることになったのである。

その旅館の前に瞳が立っていた。

「連絡はないの？」

「うん。スマホも置いて行ってる」

「じゃ、ともかくこの周囲を……。でも、この寒さだからね」

「ともかく手分けして捜そう」

と、明男が言った。「僕は、旅館の裏手を回ってみる」

「うん、私と瞳ちゃんは、左右に分れて——」

と言いかけて、「瞳ちゃん……。あれは？」

暗い道をやって来る人影があって、数少ない街灯の下へ来ると——。

「美沙子だ！」

瞳が駆け出して、「美沙子！」

コートをはおった美沙子が、キョトンとして、

「どうしたの？」

「どうしたじゃないよ！　どこへ行ってたの？」

「これ、買いに」

と、美沙子は手にしたミルクティーの缶を見せた。「どうしても飲みたくなってさ。

確かどこかに自販機があったと思って捜したんだけど、結構見付からなくて。少し遠く
まで行ったら、道に迷っちゃって」

美沙子は爽香たちに気付いて、

「あ、爽香さん。どうしたんですか、こんな時間に？」

爽香は明男と顔を見合せ、

「ちょっと……散歩したくなってね」

「美沙子、あんなメモを……」

「え？　だって、もし瞳が目覚ましたら心配するかと思って、捜さなくていいよ、って……」

爽香は息をついて、

「合宿、頑張ってね。本番、楽しみにしてるから」

と言った。

「はい！」

美沙子が旅館へ入って行くと――やや沈黙があって、

「ごめんなさい！」

と、瞳が手を合せた。

「いいから。あなたも早く寝なさい」

と、爽香は言った。「お節介は血筋かしらね」

解説

山前《やままえ》　譲《ゆずる》
（推理小説研究家）

突然ですが、「すみませんでした」と最初に潔く謝っておきます。なんのことかといいますと、〈杉原爽香《すぎはらさやか》50歳の夏〉の事件だった前作『向日葵色《ひまわりいろ》のフリーウェイ』の解説で、〝今作はシリーズ屈指のサスペンスフルな展開が楽しめるミステリー〟と書きました。しかしこれは間違いだったのです。つづく本書、〈杉原爽香51歳の冬〉の事件である『珈琲色のテーブルクロス』では、もっとサスペンスフルなストーリーが繰り広げられているからです。

ただ、ちょっと言い訳をさせていただきますと、光文社文庫から毎年九月に刊行されている杉原爽香のシリーズ、第一作の『若草色のポシェット』は書下ろしでしたが、以後のシリーズ作は雑誌に連載されたあとで刊行されています。

『向日葵色のフリーウェイ』も「女性自身」（光文社刊）に連載されたものでしたが、

その文庫が刊行された時点で本書『珈琲色のテーブルクロス』の「女性自身」での連載はまだ始まっていなかった！　だから爽香の五十一歳の物語は知るよしもなかった……のです。

見苦しい言い訳はこれくらいにしておきましょう。とにかく『珈琲色のテーブルクロス』は、事件また事件とじつにめまぐるしく展開していく物語です。人間関係も複雑です。そして、杉原爽香自身が最初から複数の事件に絡んでいくのは、ちょっと珍しいことかもしれません。

その日爽香は大学病院で、かつてある施設の所長をしていた七十七歳の汐見《しおみ》から、二十年以上も前の悲しいエピソードを聞かされます。汐見とはなんの縁もないのですが、これまでの爽香の（裏の）仕事を耳にしたという彼から、かつて彼の施設にいた少女へのメッセージを託されるのでした。

日曜日、姪《めい》の瞳《ひとみ》と寛《くつろ》いでいたところに爽香のケータイが鳴ります。部下の久保坂《くぼさか》あやめからでした。爽香の勤務先である〈G興産〉で人事課長をしている笹井《ささい》の息子が、デパートで万引きをしたというのです。ついては爽香にデパートと警察に口をきいてもらえないかというのですが……。

〈G興産〉の社長の田端《たばた》から言われて老紳士を見送りにいった東京駅のホームで、爽香はバタバタと駆けてきた女性とぶつかりそうになります。そのはずみで女性のバッグから紐《ひも》をかけた包みが飛び出してしまいました。それを車両の中に投げ込もうとした爽香もまた列車に乗ってしまうのですが、その包みをめぐって怪しい組織の間でさまざまな駆け引きが繰り広げられていくのです。

その田端社長からは無理難題を押しつけられて困惑する爽香です。それもまたちょっと危険な香りのする依頼でした。一九五七年に公開された石原裕次郎主演『嵐を呼ぶ男』は大ヒットしましたが、杉原爽香を主演にしたらもちろんそのタイトルは『事件を呼ぶ女』でしょう。

最初は警備会社に勤務していたのが『萌黄色のハンカチーフ』で〈消息屋〉として独立し、爽香を何かとサポートしてきた松下《まつした》に、「やっぱり、お前は犯罪の神の申し子だな」と言われ、「そんな神様、いませんよ」と反論した爽香ですが、さすがに今回は松下の判断が正しいようです。

もっとも、爽香は毎年毎年、必ずしも血なまぐさい犯罪に関わってきたわけではありません。〈Pハウス〉、そして現在の〈G興産〉での仕事にまつわるトラブルがメインの物語も色々あります。ベテラン女優の栗崎英子《くりさきひでこ》との出会いも、そうした業務のなかでのことでした。もっともそこに事件もありましたが……。

『珈琲色のテーブルクロス』でもいくつかの〈日常〉が描かれています。

まず注目したいのは汐見が所長をしていた施設です。それは保護者のいない児童や虐待を受けている児童などを養護し、退所後も援助を行う児童養護施設と思われますが、経済的にその維持が大変なことは言うまでもありません。また施設にいられるのは十八歳までで、退所後のケアが万全と言えないのでした。

　笹井家の家庭状況も懸念されます。長女の友美《ともみ》は高校一年生ですが、夜の街に自分の居所を見つけてしまいました。そして意識せずに犯罪に巻き込まれてしまうのです。中学生の長男の和也《かずや》は私立名門校でトップクラスの成績をあげていましたが、それがいつしかプレッシャーとなっていたようです。そして和也の万引きをなんとか丸く収めようとする母の詩子《うたこ》――。そこにも現代社会のひとつの縮図があると言えるでしょう。

　明るい話題もあります。声楽を学んでいる瞳とその友人の石川美沙子《いしかわみさこ》が、オペラ「フィガロの結婚」のオーディションを受けて合格したのです。モーツァルト作曲のそのオペラについて詳しく語るほどの知識はありませんが……何はともあれ実にめでたいことではありませんか。

　犯罪と並走して、爽香の縁者やこれまで出会った人たちの〈今〉が語られるのは、長年つづいているシリーズの醍醐味《だいごみ》でしょう。

　そしてますますシリーズで存在感を増しているのは、爽香の娘の珠実《たまみ》です。「お母さん……。また人殺しと出会ったの？　そんなに仲良くしなくてもいいのに」とじつに辛辣《しんらつ》な言葉を投げかけたりしています。はい、そうなんです、爽香は人殺しとじつに仲良しなんです……そんなことはありませんよねえ。

ふたりで病院に行ったときには「お母さん、診てもらったら？〈探偵病〉ですって言って」とか、爽香が勤める〈G興産〉で面倒なことを抱えたときには「でも、もしクビになっても、占い師でやってけるね、ってお父さんと話してた」とか、まさに口達者な珠実です。

すでに母親より身長が高くなったようで、爽香の体型についてもなにかと口を出しているようですが、それについてはあえて触れません！

その珠実、本書『珈琲色のテーブルクロス』では十五歳の中学三年生です。そして爽香が『若草色のポシェット』で我々の前に初めて姿を現したのも十五歳でした。もしかしたら珠実はそれを意識して張り合っていたのかもしれません。

しかし、母親だって負けてはいません。「珠実ちゃん、お説教するには若過ぎるよ」と諭したり、これからこんな危険な目に遭いつづけるのよと示唆したりもします。しかし、やはり『珈琲色のテーブルクロス』では珠実のほうが一枚上手のようです。誘拐されそうになったときのとっさの対応や母親をも驚かせる鋭い推理は、やはり遺伝子のなせる業でしょうか。

「大体、お母さん、今になって私に普通の十五歳になれって言うの？　無理だよ」と言われてしまうとたじたじの爽香です。けれど十五歳のときから重ねてきた人生経験があったからこそ、人間関係の錯綜した今回の事件の真相を見抜くことができたのは間違いありません。

作中、ある関係者に「大人はね、ときどき自分のためにすることを、子供のためだ、ってごまかしてしまうのよ」と語りかけています。さすがにこれまで数多くの事件に関わってきた爽香らしい深みのある言葉です。

松下だけではなく〈ラ・ボエーム〉のマスターの増田《ますだ》も久々によく登場しています。警察捜査の中心にいる高橋《たかはし》刑事は、いまやバイオリニストとして世界的に知られる河村《かわむら》爽子《さわこ》の亡き父、河村刑事の後輩だとか。そしてラストにはシリーズの愛読者には嬉しいサプライズも用意されています。五十一歳となった爽香の人生がある意味、この作品に集約されていると言えるでしょう。

もちろん一連の事件の謎解きも完璧です。杉原爽香の名探偵としての存在感はシリーズ屈指……これは今後、撤回することはないと思います、多分。『珈琲色のテーブルクロス』はいったいどんな犯罪を秘めていたのか？　しだいにほぐれていく謎が、登場人物それぞれのこれからの人生を方向付けていくのでした。そして爽香の五十二歳の物語への期待を高めつつ、物語はエンディングを迎えるのです。

初出
「女性自身」（光文社）
二〇二三年　一〇月三一日号、一一月二一日号、一二月五日号
二〇二四年　一月三〇日号、三月五日号、三月二六日号、四月二三日号、
六月四日号、六月二五日号、八月六日号、九月三日号、
九月一七日号

光文社文庫

文庫オリジナル／長編青春ミステリー

珈琲色《コーヒーいろ》のテーブルクロス

著　者　赤《あか》川《がわ》次《じ》郎《ろう》

2024年9月20日　初版1刷発行

発行者　三宅貴久
印　刷　萩原印刷
製　本　ナショナル製本

発行所　株式会社　光文社
〒112-8011　東京都文京区音羽1-16-6
電話（03）5395-8147　編集部
8116　書籍販売部
8125　制作部

ISBN978-4-334-10410-8　Printed in Japan

組版　萩原印刷

光文社文庫　好評既刊